転生した脇役平凡な僕は、美形第二王子をヤンデレにしてしまった

「恋のキューピッドになって、必ずアルベルトとマリアを結んでみせる！」
アルベルト
ルナンシア王国の第二王子で、『ルナンシア物語』の攻略キャラクター。原作では聖女マリアに恋をするはずだが……？
「俺は多分……他の奴よりも、独占欲が強いんだと思う」
エミル
『ルナンシア物語』という乙女ゲームの、脇役従者に転生してしまった青年。なんとか生き残るべく、アルベルトルートのハッピーエンドを目指す。

登場人物紹介

CHARACTERS

マリア

これまで平民として
暮らしていた聖女。
アルベルトの天敵。

イザク

ルナンシア王国の第一王子。
アルベルトを
露骨に嫌っている。

アーロン

王宮に勤める騎士。
アルベルトの剣術を
尊敬している。

ニーナ

王宮に勤めるメイド。
エミルとは
仲の良い友人。

ルナンシア物語とは……

平民出身でありながら強力な治癒能力を発現したことで、
『聖女』として王宮に招かれた主人公マリア。
そんなマリアが二人の王子と恋をするシミュレーションゲーム。
だが難易度設定が鬼畜と有名で、
ハッピーエンドにたどり着くのは至難の業。さらにハッピーエンドに
ならないと、攻略キャラクターのデッドエンドで終わる。

第一章　王子の心を溶かしすぎた結果

——せっかく転生するなら、ヒーローかヒロインが良かった。

ゲームの世界に転生したと自覚した時、はじめに頭を過《よぎ》ったのはそんな虚しい気持ちだった。

前世を思い出すきっかけは、驚くくらい些細《ささい》なことだった。

当時十歳だった僕は、父に連れられ第二王子アルベルトのもとへ向かっていた。

王族付きの侍従長の父と王妃の侍女である母との間に生まれ、読み書き・教養・料理・家事など一流の従者になるための教育をずっと受けてきた。

そして、ついに専属従者としてデビューする日を迎えた。正式にお仕えする王子への初めての謁見に、手に汗が滲《にじ》んでいたのを覚えている。

アルベルトのもとに向かう最中、僕は従者たちが住む宿舎とはまるで違う、豪華絢爛《ごうかけんらん》な内装や調度品を見ながら歩みを進めていた。そしてその光景はどこか見覚えのあるものだった。

これまでも城や都の景色を見て、なぜか既視感に見舞われることはあった。

アルベルトの部屋に入った時も「やっぱり、何度も見たことがある」と感じ、そして僕はその瞬間、理解してしまった。

――この世界は、前世でプレイしていた乙女ゲームだ。

乙女ゲーム愛好家である姉に薦《すす》められ、僕は『ルナンシア物語』というゲームにハマっていた。

平民出身でありながら強力な治癒能力を発現し、『聖女』として王宮に招かれた主人公のマリアが、イケメン王子と恋をするという恋愛シミュレーションゲームである。

しかし僕が転生したのはヒロインでも、攻略対象である二人のイケメン王子でもない。

攻略対象の一人であるアルベルト王子――の従者、エミル・シャーハだった。黒髪に薄茶色の瞳を持ち、控えめで大人しそうな印象の登場人物だ。

ゲーム内の彼は立ち絵や王子との会話シーンが一応あるものの、物語の根幹には関わらない。そう、いわゆる脇役なのである。

「……さあ、エミル。アルベルト様へご挨拶を」

父の言葉で我に返る。僕が混乱している間にも、父が話を進めてくれていたらしい。

目の前にはまるで陶器のように白く美しい肌と青い目を持つ少年が、無表情のまま豪勢な椅子にゆったりと腰かけて、僕を見下ろしていた。

窓から差しこむ光に照らされ、少年の銀髪が煌《きら》めいている。あまりにも浮世離れした美しさに、絵画に描かれた天使のようだと思った。

「アルベルト様、お目にかかれて光栄です。アルベルト様にお仕えすることになりました、エミル・シャーハと申します」

「……ああ」

アルベルトはそっけなく返事をすると、僕から視線を外した。

もし僕が前世の記憶を思い出していなかったら、彼の態度に傷ついていたかもしれないが、今の僕にとっては納得のいく態度だった。

第二王子のアルベルトは心に闇を抱えており、他人と関わりたがらない。

――聖女である主人公、マリアと出会うまでは。


アルベルトとの謁見のあと、僕は従者専用の宿舎へ戻り、自室のベッドに横たわった。

一人になって、混乱した思考を整理したかったのだ。

たしか前世の僕は日本に住むごく普通の大学生だった。しかし大学四年生の時に交通事故に遭《あ》い、命を落としてしまった。

とはいえこれまでこの世界で十年ほど生きてきたのもあって、今更前世の世界に未練はない。

当時の日本では異世界転生というジャンルが流行《はや》っていたが、まさか自分が転生してしまうなんて、という驚きはあるが……

「前世の記憶を思い出したからって、特に何かが変わることもないよな……。全部思い出したわけでもないし」

しかし、このまま記憶が混濁しているのも、そわそわして気持ち悪い。

いてもたってもいられなくなり、僕はベッドから起き上がると学習用の椅子に腰かけた。そしてこの『ルナンシア物語』について思い出したことをノートに書き出した。

主人公は平民出身のマリア。

マリアは平民ではあったが、百年に一度ルナンシア王国に出現するとされる、医療や魔法でも到底治せない怪我や病気ですら治せる『聖女』としての能力があった。

その能力が認められ、彼女は十八歳の時に王宮に招かれ、そして同い年の二人の王子と出会う。

未来の君主であり俺様系第一王子イザクと、類稀《たぐいまれ》なる美貌を持つが心に闇を抱える第二王子アルベルト。

メインヒーローであるイケメン王子二人に取り合いをされる、ドキドキの恋愛シミュレーション——というのが、『ルナンシア物語』のざっとしたストーリーである。

イザクルート、アルベルトルートと、二人それぞれのルートはあるのだが、とにかくハッピーエンドに至るまでの難易度が鬼畜すぎることで有名だった。

「アルベルトは好感度が上がりづらいし、すぐにバッドエンドに行っちゃうし、本当に難しかったんだよなあ……」

そして、そもそもメインストーリーが甘々のラブストーリーではなく仲の悪い王子同士の血で血を洗う争いのため、周囲の人が簡単に死んでいくのも特徴だ。

——その瞬間、頭の中で何かが弾けるように、ある重要なことを思い出した。

「そういえば僕、死ぬ確率めっちゃ高くなかった⁉」

そう、第二王子アルベルトの専属従者となる脇役エミルは、アルベルトに何かあった時に真っ先に巻き添えにされて死ぬ、あるいは殺されるポジションだった。

ガンガンと頭痛がしてきたが、必死に思い出していく。

アルベルトルートでは、イザクがアルベルトとマリアの恋愛を妨害してくるのだが、ハッピーエンドにならなければ、アルベルトと共にエミルは殺されてしまう。

イザクルートではそもそもアルベルトは当て馬ポジションになり、イザクに何かしらの危害を加えようとするのだが、その過程でエミルは死ぬ。

「せっかくまた生きられるのに、こんなのってないよ……」

絶望感に目の前が真っ暗になり、自然と涙があふれてきた。

主人公でもない僕は、このままではどんなルートになるのかをただ傍観し、受け入れるだけになってしまう。僕が生き延びるために、ストーリーをただ眺めているだけではなく、少しでも足掻《あが》けないだろうか。

一筋の希望があるとすれば、超難関として話題になったアルベルトルートのハッピーエンド。

ハッピーエンドだけは、唯一エミルが殺されることはない。

つまり『アルベルトとマリアの恋のキューピッド』になること。

――それが僕がこの世界で生き残る方法なのではないだろうか。

＊＊＊

「はぁ……」

王宮の壁を拭きながら、僕は意図せずため息をついてしまった。

ハッピーエンドを飾る脇役として活躍することを誓ったものの、マリアとアルベルトが出会うのは彼らが十八歳になる時、つまり八年後のこと。

それまでいたって特徴のない脇役の僕は、何をすれば良いのだろうか。正直言って、何も思いつかなかった。

「エミル、大丈夫か？　体調悪い？」

同じく掃除をしていた、年上の同僚であるカイが声をかけてくる。

僕はそんなに思いつめた表情をしていたのだろうか……、カイは心配そうな表情を浮かべていた。

「あ、いや。大丈夫だよ！　なんでもない」

微笑みながら言うと、カイはなぜか眉間にしわを寄せてさらに深刻そうな表情になった。

「本当か？　いやでも、あのアルベルト殿下に、今の段階から仕えるんだから、そりゃ心配にもなるよな」

「……へ？」

アルベルトに仕えることが、心配？

たしかに思いつめていた理由はアルベルト関連ではあるのだが、カイの言っている意味がわからず、きょとんとしてしまう。

「ほら、だってあれだろ。アルベルト殿下って呪われた――」

「えっ……？　あっ、いや、全然大丈夫だから！　心配しないで！」

カイが言おうとしていることをようやく理解して、僕は遮るように声を発した。

ああ、またこの話か、と半ば呆れてしまう。

実はアルベルトに仕えることが決まってから、同僚だけでなく同じ宿舎の従者たちにも、よく言われるようになった。

『アルベルト殿下は呪われた闇の力を持っていると聞いたけど、大丈夫なの？』

『それで何人も従者がやめたって……』

『陛下や第一王子のイザク殿下からも、恐れられている力らしいわね』

『エミル、気をつけてね……』

王族や貴族だけではなく、それらに仕える従者までもが幼いアルベルトについてこのような陰口を叩く。

それほど闇属性の魔法は恐れられ、不吉の象徴としても知られていた。

――前世と違い魔法が存在するこの世界では、王族や貴族の一部は魔法を使うための魔力を持ち、火属性、水属性、風属性といった各々得意な魔法の属性を持っている。

その中で持つ人がかなり少ない闇属性は、この国で最も恐れられている属性だった。闇属性の魔法使いは不気味な影を操ることで攻撃し、精神面では洗脳や服従させることができるからだ。

この国の歴史には、ある闇属性の魔法使いが多くの民を殺戮し、さらには国王を洗脳しようとしたことで国家の危機にまで陥った、という記録が残っている。

第二王子アルベルトが誕生した際、強力な闇属性の魔法――通称、闇魔法を使えることを知った王族、貴族たちの脳裏を過《よぎ》ったのはその事件である。王族としては最も忌避する属性だったというわけだ。

つまりアルベルトは生まれながらにして、本人にはどうしようもない理由で、あらゆる者から避けられ、恐れられてきたのだ。

アルベルトが何かをしたわけでもないのに、歴史上の事件を彼に重ねて怖がり避ける人たちを見るのは、気分の良いものではなかった。

――そりゃ、マリアと出会うまでひねくれた性格にもなるよな……

アルベルトルートは、美しい心を持った聖女マリアとの出会いで、周囲に愛情を与えてもらえなかったアルベルトの心がどんどん溶けていくのがストーリーの大筋だ。

彼が十八歳でマリアと出会うまでは、相当つらい時間を過ごしたに違いない。

ただの脇役の僕がアルベルトを救うことはできないが、彼が八年後にマリアと出会うまで、アルベルトを恐れず普通に接すれば気休め程度にはなるかもしれない。

『恋のキューピッド大作戦』はマリアが現れてからしか実行に移せないのだから、近くなったらまた考えよう。

僕はその場でぐっと拳を握り、脇役としての人生の第一歩――まずはアルベルトに精一杯仕えることを決心したのだった。

＊＊＊

ある日の王宮の鍛錬場《たんれん》。そこでは体格の良い騎士と銀髪の麗しい少年が対峙していた。剣がぶつかり合う音が響いていたのは少しの間だけ。すぐさま大きな金属音と共に、片方の剣が空高く舞った。

「ひぃ……‼」

弾かれたのは、騎士の剣だった。騎士は腰を抜かし、弱々しくアルベルトを見上げる。

その様子をアルベルトは心底呆れ返ったという表情で見下ろし、ぽつりと呟いた。

「国内随一の剣豪というから呼んだのに、この程度とは……。俺に稽古をつけられる人間はいないのか？」

まるで化けものにでも出くわしてしまったかのように、騎士の顔面が真っ青になる。

――僕はそんな様子を、じっと立って見つめていた。

僕がバッドエンドを回避しようと決意してから、はや二か月。特に変わったことは起きていなかった……というか、何もできなかった。

僕が記憶を思い出そうが思い出すまいが、結局は主人と従者。

従者が主人に勝手に話しかけるなど言語道断だ。実際、僕はアルベルトとは必要最低限の業務上の会話しかしたことがなかった。

ただ、この二か月で一つだけわかったことがある。それはアルベルトがどれだけこの王宮の人間に恐れられているかということだった。

何より、アルベルトの専属従者である僕は主人であるアルベルトに四六時中付き添っているが、アルベルトの両親――つまり国王陛下と王妃とは滅多に会わないのだ。

重要なパーティーなどで話す機会があったとしても、実の子供だというのにどこかよそよそしく、何かに恐れているような様子があった。

兄であり第一王子でもあるイザクは露骨に弟を嫌っているようで、すれ違いざまに「化けものめ」と呟く声すら聞こえてきた。

当然そんな状況で、アルベルトが自分から話しかけることができるような人間はいなかった。

たった十歳の子供だというのに、両親や兄にも甘えられず、どんなにつらいことがあっても、一人で耐えるしかない状況だ。

本人も恐れられているのをわかっているのだろう、僕は一度も、アルベルトが闇魔法を使っているのを見たことがなかった。

そんな様子を見ているうちに、僕はこの孤独な少年を、なんとかしてあげたいと思うようになっていた。

「アルベルト様。本日も素晴らしい剣術に思わず見惚れてしまいました！　次は帝王学の授業ですので向かいましょうか」

僕は笑顔で、汗を拭うアルベルトに予定を伝える。

皆は彼の圧倒的な力に恐怖を抱いているようだが、僕は稽古をしている時のアルベルトの姿に、いつも目を奪われてしまう。

軽やかで、まるで美しい舞を見ているかのような剣術。

それを見ていると、この気持ちを少しでも本人に伝えたくなる。

アルベルトはそんな僕を一瞥《いちべつ》し、どうせお世辞だろ、といわんばかりに鼻で笑った。明らかに僕も、僕の言葉も信じていない様子だ。

ちょっと涙が出そうになったが……いつもこのような感じなので、今更気にしたって仕方がなかった。

＊＊＊

僕はアルベルトと別れたあと、掃除用具を準備して王宮の廊下へ向かった。

アルベルトはまだ子供といえども王族。帝王学をはじめさまざまな勉強で、一日中みっちりとスケジュールが組まれている。一方で僕は彼が勉強をしている間に、従者の仕事をこなしていた。今日は王宮の廊下の隅から隅まで掃除をしておかなければならない。

この時間帯の廊下には同じく掃除をする従者しかおらず、ゆったりとした空気が流れていた。

「エミル！」

箒《ほうき》で廊下を掃いていると、茶色い三つ編みを揺らしながら一人のメイドの少女が駆け寄ってきた。

「あ、ニーナ。久しぶり！」

しばらく会っていなかった友人に、思わず笑みがこぼれる。

ニーナは同じ従者専用の宿舎で暮らしている少女だ。数か月前から見習いメイドとして実際に仕事を始めていたため、最近はあまり会っていなかった。

「エミルも正式に従者としてデビューしたんだってね、おめでとう」

「ありがとう！　ニーナも仕事は慣れた？」

「大変なこともあるけど最近は少し慣れてきたよ！　あ、それより……」

ニーナは突然声を潜めると、心配そうな表情を浮かべた。

「それより？」

「エミル、その、アルベルト殿下の専属従者になったんだよね。大丈夫かなってみんなで話してたの……」

ニーナがしどろもどろになりつつ、言葉を紡ぐ。

「大丈夫、って何が？」

もしかしてまたアルベルトの噂のことだろうか。僕は憂鬱な気分になりながら、ニーナに問いかける。

「いや、その……。で、殿下の……あんまり良い話を聞かないから……」

ニーナは俯いて、遠慮がちに言った。

……やっぱりか。

僕は彼女の言葉を聞いて、いてもたってもいられなくなった。

「アルベルト様はすごい方だよ！　勉学も剣術も素晴らしくて……たとえ教える人がいなくても、

ご自身で努力を重ねてるんだ。勝手に変な噂が流れてるけど恐れられるような方じゃないし、むしろすごく尊敬できる方だよ」

アルベルトは闇魔法を使えるかもしれないが、それがなんだと言うんだ。誰もアルベルト自身のことを見ようとしない。

――正直、悔しかった。

この二か月一緒に過ごしてわかったことだが、アルベルトは他人に対して冷たい態度こそとるが、理由もなく他者を虐げたり、弱いものをいじめたりはしない。

非常に賢く、剣術も教えてくれる人がいなくても毎日欠かさず練習している。そんな尊敬できる人物だというのに。

「え、そ、そうなんだ……」

「そうだよ、みんな誤解してるって！　僕はアルベルト様に仕えられて、本当に良かったと思ってるよ！」

思わず力説してしまった。

「そっか、それなら良かった……。ごめんね、心配で変なことを言っちゃって……」

「ううん、大丈夫だよ。あ、でももしアルベルト様のことを誤解している人がいたら、僕の話したこと伝えてほしいな」

ニーナは僕の勢いにたじろいでいたが、すぐにほっとしたような表情を浮かべた。

僕は、ニーナとの会話で改めて実感した。アルベルトはいつもこんな恐怖や軽蔑の目に晒されているのだと。

ニーナはまだオブラートに包んでいたが、実際は『悪魔の子』だとか、『不吉の象徴』だとか言われているのを耳にしたことがある。

僕がアルベルトの素敵なところを伝えることで、みんなの誤解を解けないものだろうか……

せめてマリアが登場するまで、誰よりもアルベルトの素敵なところを語れる従者になろうと、心の中で誓った。

と、その時、廊下の曲がり角から足音が聞こえた。

「ん……？」

別の従者だろうか、と音がしたほうにすぐに視線を向けるが、誰もいない。

「エミル？　どうしたの？」

「いや……さっきあそこに、誰かがいたような」

……ほんの一瞬銀髪が見えたような気がしたが、気のせいだったか。

僕は廊下の角から視線を外して、掃除を再開した。

＊＊＊

「おい、お前」

僕がニーナと話をしてから数日が経った。その日アルベルトは、大きな窓からそそぐ日を背にしながら本を読んでいたが、紅茶とお菓子を運んできた僕を見ると、声をかけてきた。

専属の従者といえど、彼から話しかけられることはほとんどない。僕は声をかけられたことに気づかず、沈黙が生まれてしまった。

「おい」

「あっ、はい！」

ようやく自分のことだとわかった僕を見て、アルベルトは呆れたように「はあ」と軽いため息をついた。ため息をついていても、銀色の髪がキラキラと日の光に照らされ、絵画のように美しい。

「お前。最近いろいろな奴に、俺のことを触れ回ってるだろ」

「え、触れ回って……？」

何かしてしまっただろうかと頭をフル回転させるが、思い当たる節がない。

僕の様子を見たアルベルトは、訝しげに片眉を上げた。

「『アルベルト様の剣術は素晴らしくて』とか、『天使が舞い降りたように美しい』とか、出会う奴に手当たり次第言ってるそうじゃないか」

彼の言葉でようやくピンときた。

あくまで世間話の延長のつもりだったので、手当たり次第言っている自覚はなかったが……。

「あ……ご、ご気分を害されましたでしょうか⁉　申し訳ございません」

「いや。お前が何を企んでいるのかと不思議でな。俺の懐《ふところ》に入ろうとしても、お前のメリットになることはないと思うぞ」

「いえ！　そのようなつもりでお話ししていたわけではございません！　こう、自然とアルベルト様のお話になった時に語ってしまったと言いますか……」

「ふーん……どうだかな」

アルベルトは目を細め、自嘲気味に笑った。

弁解しながら恥ずかしくなり、頬の辺りが熱を持つ。

でも言っていたことは本心だし、少しでも周囲のアルベルトへの誤解を解きたいという気持ちも本当だ。しかし今思い返せば、頻繁に言いすぎていたかもしれない。

あたふたした僕を前に、アルベルトは何か考えるそぶりを見せる。

「じゃあ、こっち来て」

「あっ、はい……？」

そして、突如として僕を呼び寄せた。

僕は不思議に思いながら、ゆっくりと彼のもとに近づいていく。

アルベルトはそっと本を置いて立ち上がると、僕の反応を確認するかのように、目を合わせてくる。

そしておもむろに、僕の左手を取った。

「アルベルト様……？」

軽く手を握った状態で見つめ合い、数秒が経つ。

僕は意図がわからず、きょとんと首を傾げてしまう。

するとアルベルトは、今にも消えてしまいそうな小さく掠《かす》れた声で言った。

「……俺が、怖くないのか？」

それを聞いて、僕は思わず目を見開いた。

『洗脳などの精神に対する闇魔法は、触れただけで発動できる』

ふいに誰かがそう言っていたのを思い出した。だから、誰もアルベルトに触れようとしないのだと。

目の前の十歳の子供の手に、ただ触れるだけ。周りの誰もがそれすらしてくれなかったなんて……なんて残酷なことなんだろう。

「怖くありません」

「え……？」

僕は言い聞かせるように、はっきりと告げた。そして彼の手を、包みこむように両手で握る。

彼はこぼれんばかりに大きく、目を瞠《みは》っていた。

たとえほんの少しでも、この手の温もりが伝われば良い。

僕はそんな思いで、ぎゅっと手に力を込め、アルベルトに微笑んだ。

彼は今にもこぼれ落ちそうな涙を、必死に堪えているように見えた。その切ない表情に、思わず胸が締めつけられる。

「……エミル」

アルベルトはこの時、初めて僕の名を呼んだ。

そうして、温もりを確かめるようにぎゅっと、僕の手を握り返してくれたのだった。

＊＊＊

それから一か月後。

僕はアルベルトを起こすため、彼の部屋の前に立っていた。

彼を起こしに行くのは日課となっていて、僕は慣れた手つきでノックをし静かに扉を開ける。

「アルベルト様、失礼いたします。朝になりましたので起こしにまいりまし……あっ」

扉を開けると、すでにアルベルトは起きていた。

椅子に腰かけて、本を読んでいる。

実は、このような光景は珍しくない。

アルベルトは、朝早く起きて勉強をしたり本を読んだりと、本当に勉強熱心な人なのだ。

「ああ……おはよう」

アルベルトは僕を見ると、かすかに口角を上げた。きっと他の人なら、表情が変わったことにすら気づかないだろう。しかしそんなわずかな変化でも、僕にとっては何よりも嬉しかった。

「おはようございます！」

僕が明るく答えると、アルベルトは目を細め、ゆったりと手元の本に視線を戻した。

アルベルトに初めて触れた日から、僕たちの関係は少しだけ変わった。以前よりも彼の表情が柔らかくなり、会話が増えたのだ。

そしてもう一つ、変わったことがある。

コンコン、と引き続きノックの音が響く。

「入れ」

アルベルトの承諾の言葉のあとに入ってきたのは、三人の侍女だった。

「恐れ入ります、殿下。お着替えを持ってまいりました。お手伝いをさせていただいてもよろしいでしょうか？」

アルベルトは一瞥《いちべつ》し、ひんやりと冷めた口ぶりで答える。

「そこに置いておけ。自分で着替えるから」

「……かしこまりました」

実は、僕だけではなく他の従者たちも、アルベルトと接するようになっていた。

本来であれば王子の着替えや入浴の手伝い、食事の配膳などはすべて従者が行うものだ。しかし僕が専属従者になるまで、アルベルトには必要最低限しか行われなかったという。

着替えは部屋の前に置くだけで手伝わない。入浴や食事も準備はするが、従者が手伝うことは一切なかった。

王子に対してそのような扱いをしたら、普通は首を刎ねられてもおかしくないのだが……

『呪われた子を世話して、自分も呪われてしまったらどうしよう』

『洗脳をかけられてしまったら』

そんな思いが従者の間に蔓延していたからだろう。しかも陛下や王妃がそれを容認していたというのだから驚きである。

しかし、僕が専属として仕えていて何も起きないとわかったのか、従者たちの中でちらほら、本来の業務としてアルベルトに接する者が現れた。

もしかしたら僕がアルベルトの誤解を解こうとしてきた努力が、少しでも報われ始めてきたのかもしれない。

とはいえアルベルトにとっては、従者たちへの不信感があるのだろう。先ほどアルベルトが冷たく一蹴した侍女たちは、いそいそと部屋を出ていってしまった。

また二人きりになったところで、アルベルトがちらりと僕を見た。

「エミル。……着替えるの手伝ってくれ」

「もちろんです！」

まだ僕以外に手伝わせることはないが、いずれ従者たちの誤解が完全に解けて、アルベルトが心を許せる人が増えたら良い。

この時は、このまま事態が好転していくのではないかと、呑気な僕は疑わなかった。

＊＊＊

「ふぅ、今日はこれくらいでいいかな……」

その日の午後。僕は王宮の中央階段を掃除しながら呟いた。

正面玄関からまっすぐに続く長い中央階段には赤いカーペットが敷かれ、見上げるほどに高い天井にはシャンデリアが吊るされて、豪華絢爛《ごうかけんらん》さを演出している。しかしその美しさに魅了されている暇もなく、階下から掃除をしながら上がってきたことで、どっと疲れを感じていた。

中央階段は傾斜が急で段数が多く、これを掃除するというだけでも大変なのだ。

辺りを見回すと、ここは陛下がよくお通りになるからか、周囲には僕の他にも、見慣れない顔の従者たちが掃除をしていた。

アルベルトは現在、中央階段のすぐ下にある部屋で読み書きの授業中だ。

そろそろアルベルトの授業が終わる頃ではないかと、僕は階上から下の階の様子を眺めていた。彼が戻ったら、掃除を止めてすぐに合流するようにと言われているのだ。

するとタイミング良く、彼がいる部屋の扉がガチャリと音を立てて開く。すぐに部屋の中からアルベルトと家庭教師が出てきた。

アルベルトも二階から見つめる僕に気がついたようで、僕を見て微笑んでその場に立ち止まる。

僕はいち早くアルベルトのもとへ向かおうと、階段に足をかけた――その時だった。

ドン、と背中に大きな衝撃が走り、前方に体勢を崩してしまう。

ほんの一瞬だけ、アルベルトと目が合う。彼は大きく目を見開き、恐ろしいものを見るかのような表情をしていた。

「エミル!!」

アルベルトの叫び声で、僕はようやく誰かに階段から突き落とされたことに気がついた。落下していく瞬間がスローモーションのように感じる。

そして、鈍い音と共に僕の視界に広がったのは赤いカーペットの色。身体が階段に叩きつけられ、腕に鈍い痛みを感じる。

こんなに長い階段なのだから、このまま転がり落ちればただでは済まない。これから幾度となく来るだろう衝撃を覚悟し、ぎゅっと目をつぶった。

——しかしいつまで経っても、予想していた衝撃は襲ってこなかった。

恐る恐る目を開くと、僕の身体は階段の途中で止まり、全身を黒い影のようなもので覆われ落ちないように支えられていたのだ。

「え……？」

状況を理解できないまま、アルベルトのほうに視線を向ける。

アルベルトは僕のほうへ両手を翳《かざ》し、大きく肩で息をしていた。

一瞬おいて周囲の従者たちがわっと騒ぎ出す。そしてそのうちの誰かが、声を荒らげた。

「殿下が闇魔法を使ったぞ！」

僕の身体を支えてくれているこの影が……闇魔法？

そう思った直後、周りの視線が僕を包む影に刺さった。

「あれが、闇魔法の影……なんて恐ろしい！」

「あの子が呪われてしまうわ！」

アルベルトは周囲の声を意に介さず、その影を操って僕の身体を宙に浮かすと、階下でそっとおろしてくれた。

「エミル、大丈夫か⁉」

アルベルトが急いで僕のもとへ駆け寄る。

彼のこんな姿は初めて見た。僕を本気で心配してくれたことが伝わってきて、胸がいっぱいになる。

「おい、怪我は？」

黙っている僕にアルベルトが心配そうに尋ねてきて、思わずハッとする。

すぐさま自分の身体を確認するが、幸いにも腕の打撲だけで済んだようだ。これは間違いなく、彼が助けてくれたおかげだった。

「大丈夫です。ちょっと腕を打っただけで。アルベルト様、本当にありが――」

「おい、アルベルト」

彼にお礼を言おうとした矢先、何者かが被せるように会話に入ってきた。

声の主に視線を向けると、金髪に碧眼の少年が中央階段の上から僕たちを見下ろしていた。アルベルトを呼び捨てにできる人間は限られている。

アルベルトの兄であるイザクだ。

「兄さん」

アルベルトは顔を顰《しか》めながら、声を絞り出した。イザクはアルベルトと僕を囲んでいる影を見ると、ふんと鼻で笑った。

「王宮で闇魔法を使うとはな」

「……今使わなければ、俺の従者が大怪我をするところでした」

「本当か？　ただ単にお前が使いたかっただけじゃないのか？」

アルベルトは弁解をしようとするが、イザクはそもそもアルベルトの話を聞く気がない様子で言葉を吐き捨てる。そして口角を吊り上げると、挑発するような口調で言った。

「……まあいい。神聖な王宮で汚らわしい力を使ったことは、国王陛下と王妃陛下にしっかり報告しないとな」

その言葉を聞いて、アルベルトは黙った。

イザクの侮蔑に満ちた視線と馬鹿にするような笑みに、腸《はらわた》が煮えくり返るような思いがこみ上げてくる。

「……イザク殿下！」

「エミル。いいから」

僕は身の程知らずにもイザクに対して抗議しようとしたが、すぐさまアルベルトがそれを制す。

当然、従者である僕が王族であるイザクに噛みつくようなことは許されない。

だが、どうしても悔しかった。

アルベルトは僕を助けてくれただけなのに、なぜこんな扱いをされなければならないのか。

イザクは悪意を微塵《みじん》も隠さず、笑みを浮かべたまま踵《きびす》を返す。

周囲の従者たちも、恐ろしいものから逃げるように去っていき、中央階段はついに僕たちだけになった。

なんだかやりきれない気持ちでいっぱいになり、僕は唇を噛みしめ俯いていた。

「エミル。本当に打ったのは腕だけか？」

僕はぱっと顔を上げ、アルベルトに視線を向けた。

「あ……はい！　他は大丈夫です」

アルベルトは、あんなことを言われて悔しいはずなのに、毅然《きぜん》として僕を気にかけてくれている。

「アルベルト様……本当に、ありがとうございます」

先ほど言えなかったお礼を言うと、アルベルトは少しだけ目を細める。しかしすぐさま、険しい表情に変わった。

「いや、いいんだ。それよりお前は誰かに、突き飛ばされたのか？」

「……仰る通りです」

アルベルトに言われ、先ほどの出来事を思い出す。

僕は誰かに思いっきり背中を突き飛ばされた。あれは事故などではなく、明らかに故意だ。

「ただ、他に掃除をしていた従者は何人もいたので、誰かまではわからなくて……」

「おそらくだが、さっきのは兄さんの指示だと思う。兄さんの従者も今日はいただろ？」

「あ、そういえば……」

思い返すと、今日はいつもは見かけない顔が多かった。もしかしたら、ほとんどイザクの従者だったのかもしれない。

そこで僕は、思い浮かんだ疑問を口にした。

「でも……ただの従者の僕に、なぜこんなことを？」

「お前、いつも他の奴らに俺のことを良い主人だ、って話してるだろ。兄さんは俺を敵視してるから、俺のことを良く思う従者が増えてほしくなかったんじゃないか」

アルベルトの推測に、僕は言葉を詰まらせる。

「お前を突き落とすことで、俺と一緒にいたら不幸な目に遭《あ》うって周りに思わせたかったのかもしれない。……なんせ俺は、呪われた子、らしいからな」

「そんなこと……！」

必死に否定しようとしたが、アルベルトは悲痛な面持ちで話を続ける。

「その……悪かったな。お前に触れたのはたしかに闇魔法の影だが、影に触れただけで呪われるわけではないんだ。だから安心してくれ」

なぜ、アルベルトは謝っているのか。

僕も他の従者たちのように、彼の闇魔法を恐れていると思ったのだろうか。

先ほどアルベルトを嘲《あざけ》っていたイザクと、怪物を見るように怯える従者たちを思い出す。

そして僕の中で何かがぷつんと切れ、目の前の彼が主人であることを忘れ、声を荒らげた。

「アルベルト様は、呪われていません！」

アルベルトは僕の言葉にびっくりしたのか目を見開く。しかし、構わず続けた。

「それに、アルベルト様の力も呪われていません！　アルベルト様が助けてくれなかったら僕は確実に大怪我をしていました。打ちどころが悪ければ死んでいたかもしれません。それを助けてくれた力が、呪われているわけがありません！」

僕はアルベルトに少しでも伝わってほしくて、なりふり構わず声を張り上げる。

そして最後に、言い聞かせるようにはっきりと告げた。

「アルベルト様の力は、人を救える力です！」

言い終わってから、はあはあと息が切れてしまう。

アルベルトは圧倒されたように僕を見つめて、ぽかんとしていた。しばらくして、彼は小さく呟いた。

「……すごい必死だな」

「あっ、その……！」

僕はその言葉を聞いて、途端に顔が熱くなった。勢いとはいえ、さすがに熱弁しすぎて引かれたかもしれない。

しかしアルベルトは意外にも、穏やかな口調で言った。

「『人を救える力』か。……そんなことを言われたのは初めてだ」

そして——先ほどの悲痛な面持ちからは打って変わって、憑き物が落ちたような笑みを浮かべた。

「お前を守れる力だと思えば、案外悪くないかもしれないな」

＊＊＊

あれから一週間。

僕の腕の怪我は少しずつ治ってきて、仕事に差し支えない程度に回復していた。

「アルベルト様、これから剣術の訓練ですね。お着替えのお手伝いをいたします」

僕はそう言って防具を持ち、アルベルトの背後に回った。

部屋の中には、アルベルトと僕の二人だけ。

せっかく一週間前まではアルベルトをサポートしようとする従者も増えてきていたというのに、彼が僕を助けるために闇魔法を使ってからは、それもぱたりと止んでしまった。

大方イザクと周りの従者たちがあることないこと吹聴《ふいちょう》したに違いない。また一からアルベルトの素敵なところを周りに伝えなくては、と僕はひそかに意気ごんでいた。

「おい、エミル。お前また余計なこと考えてないだろうな？」

アルベルトが上着を僕に渡しながら、呆れたように言う。

彼の言っている意味がわからなくて、僕は首を傾げてしまった。

「……なんのことですか？」

「お前のことだから、また俺がどうこうとか周りに言おうとしてるだろ。それ、もうしなくていいから」

図星すぎて、思わず身体がびくりとする。

「い、いやでも、アルベルト様に対する誤解を解かないと！」

「そんなことしてると、また兄さんに目をつけられるぞ」

「それは……」

それはそうかもしれないが、だからといってアルベルトが誤解されたままなのは、あまりにも歯痒い。

だが、言葉を詰まらせる僕に、アルベルトは吹っ切れたように明るく告げた。

「それに、俺は今のままでいいんだ」

「……え？」

「このままのほうが、お前と俺の二人でいられるだろ」

それの何がいいんだろうか。二人のほうが騒がしくなくて落ち着くとか、そういう意味だろうか。

僕は不思議に思いながらも、アルベルトの言葉の続きを聞く。

「変に目立つことして、お前と俺を引き離そうとする奴らが現れると困るからな。……まあとにかく、俺にはお前が、お前には俺だけがいればいいってことだよ」

そう言ったアルベルトは、妙に大人びた表情で僕を見つめながら、妖《あや》しく笑った。

……これは、少しは従者として信頼してくれるようになった、ということで良いんだろうか？

結局、アルベルトは両親や兄、他の従者から距離を置かれたまま、ゲームのシナリオ通りに月日が過ぎていった。

異なる点があるとすれば、脇役従者である僕エミルが、ゲームより少しだけアルベルトと仲が良くなったことだろうか。

＊＊＊

八年後。

アルベルトと僕は十八歳になり、あるパーティーに出席していた。

豪華絢爛《ごうかけんらん》なホールに、テーブルに並べられた彩り豊かな食事。着飾った貴族たちが集まり、皆楽しそうに談笑をしている。

今日のパーティーは普段の王宮主催のものよりも豪奢で、ここ数年なかった規模のパーティーだ。それもそうだろう。何せ今日は『聖女歓迎パーティー』なのだから。

数か月前、それまで平民として暮らしていたマリアという女性が、治癒の能力——つまりこの国の『聖女』としての能力を発現したというニュースが巷《ちまた》を賑わせた。マリアは王宮に迎え入れられることになり、今日はそのお披露目の日というわけだ。

——僕はこの日を待っていたのだ。

ゲームのヒロインであるマリアが、ようやく登場する。アルベルトやイザクが、マリアと初めて出会うのもこの日である。

本日の主役であるマリアは遅れて登場するそうで、まだこの場には来ていない。僕は逸《はや》る気持ちを抑えながら、アルベルトの隣で今か今かと彼女の登場を待っていた。

さすがに八年も経っているだけあって、僕とアルベルトの間には信頼関係が築けていた……と思う。

だが、それ以外についてはまったく進展がなかった。

周囲のアルベルトに対する誤解を解くため、さまざまなことを試したし、アルベルトに僕以外との交流を促すこともした。

しかし、すべてがことごとくうまくいかない。

幼少期から変わらず、アルベルトは両親や兄、他の従者から恐ろしい存在として避けられている。彼と一緒にいる僕も、当然ながら周囲から孤立していた。

昔は仲が良かった従者仲間も、今ではすっかり離れてしまった。この状況を打破するために、誰かの協力を仰ぐこともできず、完全に八方塞がりだ。

きっとアルベルトの心は、傷ついたまま癒えていないだろう。悲しいことに、ただの脇役である僕では何も変えることができなかった。

だからこそ、主人公であるマリアの存在が必要なのだ。

——それに今後は、僕の生死に関わる。

マリアが登場するということは、いよいよ物語の本筋が始まるということだ。

しかし従者エミルが殺されないのは、アルベルト×マリアルートのハッピーエンドだけ。

マリアにアルベルトの冷えきった心を優しく溶かしてもらい、僕は二人のハッピーエンドを見守りながら長く生きたいのだ。

幼い頃に誓った『アルベルトとマリアの恋のキューピッドになる』ということ。きっとそれが、脇役の僕でもできる、生き残るための唯一の方法だろう。

僕は決意を新たにし、隣にいるアルベルトに視線を向けた。

今日のアルベルトは、王族としての正装をしている。

出会った頃からすらっと背が高くなり、端整な顔立ちにさらに磨きがかかったアルベルトは、煌《きら》びやかな装いがあまりにも似合いすぎていた。

実際パーティーに来た令嬢はもちろん、男性貴族でさえその美貌に目を奪われてしまっているようだ。

ただ当の本人は、先ほどから視線が向けられていることに気づいているのかいないのか……とにかく興味はなさそうだが……

僕はため息をついて、無表情で隣に立つアルベルトに話しかけた。

「アルベルト様。せっかくの歓迎パーティーなんですから、なんというか……いつもより口角を上げてみるとか、もうちょっと表情を柔らかくするとかしたほうが良いかと……」

「そうか？　どちらにせよ、誰も俺たちには話しかけないだろ」

「いや、そうではなくて……アルベルト様は、そもそも話しかけたくても、近寄りがたいというか」

だいぶ失礼なことを言った自覚はある。しかしアルベルトは僕の言葉を気にした様子もなく、

「それで構わない」と薄く笑った。

彼の周りに人が寄ってこないのは、もちろん闇魔法が使えるからではあるのだが、彼の『近寄りづらさ』が拍車をかけていた。尋常じゃなく美しく、かつ無表情なので、怖いという印象を持たれてしまうのだ。

だからこそもう少し柔らかい雰囲気を心がけたら良いのでは、と本人には何度も伝えているのだが、実行に移してくれない。

僕は気を取り直して、明るい調子で話しかける。

「それはそうと、アルベルト様。ついにマリア様にお目にかかれますね」

「ああ……そうだな。お前がずっと言ってた奴だろ」

アルベルトは眉を顰《ひそ》めて、怪訝そうな表情を浮かべた。

聖女が現れたという知らせを受けてから、僕はことあるごとにマリアの話題をアルベルトに振り続けていた。

「そうです。僕が聞いたところによると、聖女マリア様はとても美しく、可愛らしい女性だそうで。しかも温厚で明るく、村の皆からもたいそう好かれていたそうですよ」

「ふーん……」

アルベルトはじっとりとこちらを見る。

彼がマリアと出会う前に、少しでもマリアの好感度を上げておこうと考えていたのだが、あまり意味はなさそうだ。

ゲームではアルベルトがマリアの美しさに見惚れる描写があったから、僕がこんなことを言う必要はない。だが、何か行動をしていないと落ち着かなかった。

僕は改めて姿勢を正し、パーティー会場の入口に身体を向けた。入口付近にいる従者たちが、忙《せわ》しなく動き始めたのが見えた。

そろそろだろうか。僕はその瞬間を、固唾《かたず》を呑んで見守っていた。

「聖女マリア様がご入場なさいます！」

その時、従者の声がホールに響き渡った。ギィと音を立てながら扉がゆっくりと開かれ、会場にいる者たちの視線が一気にそちらに向く。

透き通るように白い肌、亜麻色の髪にグリーンの大きな瞳。小柄で細い身体に、真っ白なドレスをまとった一人の女性が堂々と歩みを進める。

輝く美少女に、その場にいた者たちがため息を漏らすほどだ。

——これが乙女ゲームのヒロイン……

僕も思わず見入ってしまった。

そりゃこんな美少女に優しくされたら、いくら王子でも恋に落ちてしまうに決まっている。

ふと視界にイザクの姿が入る。イザクもマリアに釘付けになっていた。

あれは完全に一目惚れをした男の顔である、間違いない。やはりアルベルトとイザクはライバルにならざるをえないのだと再認識した。

しかし僕にとって、マリアにはアルベルトルートしかありえないのだ。マリアとアルベルトが並んでいる場面を想像すると、あまりの神々しさに涙が出てきそうだった。

そして、ドキドキしながらアルベルトのほうに顔を向ける。基本いつも無愛想で他人に興味を持たないアルベルトが一体どんな表情をしているのか、純粋に気になったのである。

しかしなぜか、アルベルトとバチッと目が合ってしまった。

「……え⁉」

いやいや、なんでこんな絶世の美少女を前に、脇役平凡な僕を見ているんだ。

あれか、タイミングの問題か？

しかもアルベルトは眉根を寄せていて、とてつもなく機嫌が悪そうだった。

「エミル、お前はそんなに聖女とやらが気になるのか？」

アルベルトは地を這うような低い声で僕に問いかけてくる。

「いや、気になるというか……。それよりも、アルベルト様はどうですか！　聖女様をご覧になって！」

「はあ？」

何を言っているんだ、という顔で返される。美形に凄《すご》まれると怖さが倍増だ。恐ろしさと戸惑いで、僕はもう何も言えなくなってしまった。

一体どういうことだ。ゲームでは、明らかにアルベルトがマリアに興味を持つ描写があったはずなのに……

——いや、待てよ。

僕は考えた。ゲームと今の光景で違っているところ。

それは、僕がアルベルトの隣にいるかいないか、ということだ。

たしかゲームではアルベルトの隣にエミル・シャーハはおらず、アルベルトはじっとマリアを見つめていた。

だが今はどうだ。アルベルトの隣には僕がいて、その僕がマリアに見惚れていた。

——いわゆるこれは、『嫉妬』というやつではないのか。

つまり、アルベルトはゲームの通り、マリアを一目見た瞬間に運命を感じていた。しかしそんな中、隣に立つ自分の従者がぼけーっとマリアに見惚れてしまっている。

一言で表すなら「俺の女をお前ごときが見つめるんじゃねえ」ってやつだ！　だからマリアに見惚れていた僕に対して、牽制の意味で睨みつけていた、そうに違いない！

僕はじわじわと、アルベルトに対して申し訳ない気持ちがこみ上げてきていた。僕はなんて不甲斐ない従者なんだろう。彼のサポートをするどころか、牽制させてしまうなんて。

僕はただアルベルトとマリアが結ばれることを願ってやまない、ただの脇役なのだ。

僕は思わず手を合わせ、自らに誓いを立てる。

——僕は必ず成し遂げてみせる。アルベルトとマリアを結ぶ『恋のキューピッド大作戦』を！

＊＊＊

歓迎パーティーがあった日の夜。満月の光だけがひっそりと差しこむ寝室で、俺はソファーに腰かけ、手元の書類に目を通していた。

「ダーナ村出身の平民、両親共に農家、祖父が薬師、三歳上の姉が一人。聖女としての力は発現したばかりで不安定……」

書類に書かれているのは、秘密裏に調べさせた聖女の情報。エミルが聖女の名を口にし、どんな人物なのかを語るようになってから準備したものだ。

聖女が現れたという知らせが来てから、エミルはそわそわと落ち着かない様子で、ことあるごとに聖女に関する話題を口にしていた。その時点で嫌な予感はしていたが、実際に聖女を目の前にして、見惚れたような視線まで送っていた。

エミルは、聖女のことが気になっているのだろうか。だとしたらそれはただの興味なのか、それとも別の感情なのか。

いずれにしても、エミルの瞳に他の誰かが映っている状況に、苛立ちを抑えられなかった。

「『聖女の治癒の能力は闇魔法と相反し、お互いの力を感知できる』……か。これは面倒だな」

俺は独り言ちながら、思考を整理していく。

聖女とやらは、一切汚点のない清廉潔白な人物だった。しかも俺の力を感知できるとなると、かなり厄介で、迂闊《うかつ》に行動ができない。

「まずは、奴とエミルを近づけさせないでおくか」

俺はそう決意しながら、昼間のエミルの言葉を思い返していた。

『アルベルト様は、そもそも話しかけたくても、近寄りがたいというか』

エミルはずっと、『呪われた子』と言われた俺の評判を覆し、周囲に馴染《なじ》ませようとしてくれていた。エミルと出会った頃の俺はとにかく両親や兄、王宮の皆に認めてもらいたかったから、エミルもきっとそれを感じ取ってくれたのだろう。

——しかし八年前にエミルが兄の従者に突き飛ばされてから、俺の考えは変わった。

突き飛ばすよう指示を出した兄、実行した従者、その場から立ち去る者たち、そして何も言わない両親。

俺が認められたいと思っていた奴らは、全員俺から大事なものを奪おうとする敵であると。

こんな奴らに認められなくとも構わない。それよりも、もう大事なものを奪われないように、囲っておかなければ……

俺はこの王宮にいる人間が、もっと俺のことを恐れ、近づかなくなればいいと思っていた。俺が孤立すればするほど、専属従者であるエミルも周囲から孤立するからだ。

そして、それでも俺たちの邪魔をする人間がいるのなら——排除すればいい。

俺は聖女に関する書類を、魔法で灰に変えた。この王宮にいる人間の情報は、頭の中に入っている。元々エミルの周りにいた人間のことも、交友関係も、すべて。

「……俺しか見なくなればいい」

エミルは知らない。俺と、そしてエミルの周りに誰もいないのは……

——俺が意図的に作り上げたのだということを。

第二章　フラグを立てたのは誰？

「あなたは私を助けてくれました。あなたの力は呪われた力ではなく、人を救える力です」

そう言ってマリアはアルベルトの手を取り、微笑む。アルベルトは目を瞠《みは》ると、穏やかな口調で答えた。

「そんなことを言われたのは初めてだ」

アルベルトも手を握り返し、マリアと見つめ合う。

これは作中序盤における、屈指の名シーン。

僕はここが夢の中だとわかっていたが、二人の様子に胸が熱くなった。

でもこんな場面、現実でも見たことがあるような……？

そう思ったところで、ハッと覚醒する。視界には自室の無機質な天井が広がっていた。

「起きなきゃ……」

従者である僕の朝は早い。僕は先ほどの夢の光景を思い返す間もなく、ベッドから重たい身体を起こした。

朝の支度をしてアルベルトの部屋に向かうと、彼は優雅に椅子に腰かけ、本を読んでいた。

「おはようございます、アルベルト様」

本来は僕が起こさなければならないのだが、アルベルトはいつもこうして、早起きして本を読んでいる。このルーティーンは、幼少期からずっと変わっていない。

「……ああ、おはよう」

アルベルトは僕をちらりと見ると、ぶっきらぼうだが挨拶を返してくれる。すでに着替えも済ませているようで、いよいよ僕はやることがなくなってしまった。

「アルベルト様。今日は公式の予定はありませんが……どこか外出されますか？」

「いや、特にないが。最近お前はそればっかり聞いてくるな」

「えっ？　そうですかね、はは……」

アルベルトは少し呆れ気味だ。僕は最近毎日のようにこの質問をしているから、当然の反応かもしれない。

しかし、これにはもちろん理由がある。

何を隠そう、アルベルトとマリアの馴れ初めイベントが、まったく起こらないからだ！

『ルナンシア物語』では、マリアが王宮に招かれてほどなく、王子との馴れ初めイベントが発生する。

アルベルトの場合は、マリアが王宮庭園で庭師の男に襲われかけているところを、アルベルトが闇魔法で助けるというシナリオだ。

そこでアルベルトに助けられたマリアは、彼に『闇魔法は人を救える力だ』と伝える。

闇魔法によって周囲の人間に恐れられ、避けられていたアルベルトはその言葉を聞いて、初めてありのままの自分を認めてくれる人間に出会った、とマリアのことを本格的に意識し出すのだ。

つまりこのイベントは、二人の仲を深めるために絶対になくてはならない。まずはこれを発生させないことには、フラグが立たないのである。

……それなのに、最近のアルベルトはとにかく部屋から出ない。

以前は鍛錬《たんれん》場や書庫へ行くことも多かったのだが、なぜかめっきり頻度が低くなった。おかげさまで専属従者である僕も、用事がなければアルベルトの部屋から出ることはない。

「あ、そうだアルベルト様。お部屋でゆっくりされるのでしたら、紅茶をお持ちしますよ」

「……わかった。なら頼む」

「はい！　少々お待ちください」

僕はいよいよ暇に耐えかねて紅茶を淹《い》れることにした。

早速部屋から出て、王宮のキッチンへと足を運ぶ。

キッチンに入ると、幸いにも誰の姿もなかった。僕は一人でキッチンを使用し、紅茶を淹《い》れていく。しかし、ほどなくして突然、パタパタと足音が聞こえてきた。

ふと見ると、侍女が三人、キッチンへ向かってくる。

顔ぶれ的にイザク付きの侍女だろうか？

鉢合わせすると面倒なことになりそうだったので、とっさにキッチンの隅に身体を隠す。

侍女たちはキッチンに入り、てきぱきとお菓子を準備し始めた。しかし落ち着いた雰囲気はなく、どことなく浮ついた様子だ。

そのうち一人の侍女が、耐えきれないといった様子で、ひそひそと他の侍女に話しかけ始めた。

「ねぇ、さっきの見たよね？　聖女のマリア様とイザク殿下の……」

「ああ、あれね！　イザク殿下、すっごく積極的でびっくりしちゃった！」

「マリア様めちゃくちゃ綺麗だから、好きになっちゃったりして」

「第一王子と聖女……なんて絵になるの！」

もはやお菓子の準備をする手は止まり、ひたすら会話だけが盛り上がっている。

彼女たちの話を要約すると、どうやら最近、イザクがマリアに積極的に話しかけているらしい。

僕はその話を聞きながら、どうしようもない焦燥感に駆られた。

『ルナンシア物語』は、主人公マリアを二人の王子が取り合う物語である。当たり前だが、最終的には好感度の高いほうと結ばれる。つまりこの時点で、アタックをしているイザクは、大幅にリードしているということだ。

一方でアルベルトとマリアは、まだ始まってもいない。

アルベルトはマリアと結ばれなければ、孤独に支配された心が癒されず、兄であるイザクへの嫉妬からさまざまな妨害をしかける。そしてその過程で、拒否権なく命じられ妨害に荷担《かたん》した僕は処分されることになり、最終的にアルベルトも処刑される。

そんなバッドエンドを、見過ごすわけにはいかない。

パーティーで僕に嫉妬し、牽制してきた様子を見ると、アルベルトがマリアのことを気にしているのは確実だ。彼がマリアに近づこうとしないのは、ただ単に、人との距離の詰め方がわからないだけ。

それならば、僕が一肌脱ごうではないか。

自然とフラグが立たないなら、恋のキューピッドの僕の手で無理やりにでも立たせてやる。

——でも、どうやって？

僕はしばらく考えこんでいたが、良い考えは思いつかなかった。

気がつくと、キッチンにいた侍女たちはいなくなっていた。僕はなんとか解決策を見つけようと思案しながら、お茶を手にアルベルトの部屋へ戻った。

＊＊＊

それから一週間が経った。

今、僕の視界いっぱいに映るのは、刈り揃えられた若々しい緑に、堂々と咲き誇る花々。

大きな噴水を中央に据え、どこまでも続いていきそうなほど広がるのは、豪華絢爛《ごうかけんらん》な宮殿を取り囲み見る者を魅了する王宮庭園。ゲームの中ではただの背景として見慣れていたが、実際の景色は圧倒的だ。

今日もいつものようにアルベルトのそばに付き添っていたが、珍しく侍従長である父に呼び出された僕は、そのことにかこつけて帰りにこの場所へ足を運んだのだった。

この庭園はアルベルトとマリアの馴れ初めイベントの舞台となる場所だ。ここへ来れば、強制的にそのイベントを発生させるきっかけを見つけられるのではないか、と思っていた。

ゲームでは、あくまで二人が出会うのは偶然である。アルベルトが剣の鍛錬《たんれん》の帰りにふらっと立ち寄り、そこで庭を散歩していたマリアと出くわすのだ。

とりあえず、二人が出会ってくれさえすればいい。というか、僕ができるのは多分そのお膳立てまで。出会いさえすれば、自然にゲームの流れの通りに進むんじゃないかと考えていた。

「あなたは……エミル様？」

僕が中央噴水の前で考えこんでいると、突然背後から透き通るような声が聞こえてきた。

すぐさま振り向くと、そこにはパーティーで見た美少女——聖女マリアが佇《たたず》んでいた。

「マ、マリア様!?　お、お初にお目にかかります。アルベルト殿下付きの従者を務めております、エミル・シャーハと申します」

驚きすぎて一瞬声を上げてしまったが、アルベルトの専属従者として失態は許されない。姿勢を正し、恭《うやうや》しくお辞儀をした。

マリアは優しく微笑んでそれに応えた。

「初めまして、エミル様。あなたとは一度お話ししてみたいなと思っていましたので、お会いできて良かったです」

「そのように言っていただけて光栄です。その……僕のことを、ご存じだったのですか？」

マリアはこちらが名乗る前から、僕の名前を知っていたようだ。輝かしい主人公がこんな脇役のことを認識しているなんて、驚きを隠せない。

「ええ、もちろん！　アルベルト殿下の身の回りのことをほぼお一人でなさっていると、王宮でも有名ですよ！　本当にすごいですね」

「な、なるほど……。あ、でもアルベルト様は基本ご自身でこなしてしまうので、一人といってもそこまで大変というわけではないんですよ」

これは半分本当で、半分嘘だ。

基本自分でなんでもこなしてしまうが、さすがにもうちょっと専属の従者を増やしてもいいんじゃないかとは思っている。

それにしても、マリアはこんな一介の従者とも快く会話をし、近寄りがたい雰囲気をまったく見せなかった。聖女が良い意味で庶民的だと、さぞ人気が出るだろう。

「ところで今日は、アルベルト殿下とご一緒ではないのですか？」

マリアが周りを見渡しながら尋ねる。

「はい、別件の帰りでして。これからアルベルト様のところに戻る予定です」

「そうなんですか。アルベルト殿下とも、一度直接お話ししてみたいですね……」

マリアは含みを持たせた言い方をする。そこが一瞬気になったが、そんなことよりマリア自身がアルベルトと話したいと言ってくれたことに、思わず舞い上がってしまう。

「本当ですか!?　アルベルト様もお喜びになりますよ！　ぜひその機会をセッティングさせてください！」

明らかにテンションが上がった僕に、マリアはわずかにたじろいだ。

「……いえ。おそらくアルベルト殿下は、私とはお会いしたくないのかと……」

「会いたくない？　そんなはずは」

「実は何度かお会いしたいと、人づてにお声がけしたんです。でも、すべて断られてしまっていて……」

「えっ⁉」

——なんだそれは。

声をかけられていたことも、アルベルトが断っていたことも聞いてないぞ。

従者である僕の知らないところでそんなやりとりがあったこともショックだったが、それよりもアルベルトがマリアの申し出を断る理由がわからない。

「き、きっとちょうどタイミング悪くお忙しかっただけですよ！　僕から聞いてみます！」

忙しいも何も、実際は部屋で本を読む姿しか見ていないが……。

「そうでしょうか……。でも、全然気にしなくて大丈夫ですよ」

「いえ、マリア様。僕に任せてください！　どうにかしてお会いになる機会を作ります」

「ふふ、ありがとうございます。でも、今日はエミル様とこうしてお会いできて、本当に良かったです。私いつもこの時間帯はここのお庭を散歩しているので、良かったらお仕事の合間にでも、またお話ししてくださると嬉しいです」

愛らしい笑顔で優しい言葉を紡ぐ聖女。こんな人の申し出を断るなんて、アルベルトはどうかしてしまったのか？

いや、もしかしたら、アルベルトは気になっている人と直接話をする勇気が出ないだけかもしれない。幼少期の経験もあって、あまり人との関わりに慣れていない人だから。

——なんて焦れったいんだろう。

僕はついに、アルベルトに直談判することにした。

＊＊＊

「アルベルト様。マリア様と一度お会いしてみてはいかがでしょうか？　温室の近くでティータイムでもご一緒されたら、きっと素敵な時間になりますよ」

僕がアルベルトの部屋に戻ってそう声をかけた途端、アルベルトは眉根を寄せてあからさまに怪訝な表情をした。

「なんで俺が、聖女と話す必要があるんだ？」

照れ隠しなのか、そうでないのか。パーティーであれだけ僕に牽制してきたというのに、こういう時だけ奥手なのがもどかしい。

「なんでって……。マリア様からもお誘いがあったのでしょう？　一度くらいお話ししてみてもいいじゃないですか」

「いや、いい。俺はこの通り忙しいからな」

アルベルトは軽くあしらうように笑って、手元の分厚い地理書に視線を落とした。どう見ても忙しそうには見えない。

「ここ最近ずっと本をお読みになってるだけじゃないですか！　いくら第二王子でも聖女からのお誘いを何度も断るのはどうかと思いますよ！」

僕は思わず、大声を上げてしまった。しかしアルベルトは特段反応するわけでもなかった。

「別にどう思われてもいいさ。聖女と話すことはない、それだけだ」

アルベルトは有無を言わせない、はっきりとした口調で答える。

マリアに必ずセッティングしてみせると豪語した僕だが、この意気地《いくじ》なしで頑固な王子を説得するのは難しそうだった。

「はぁ……」

何か他の方法を考えなくては。

意気消沈し、ため息が漏れてしまった時、アルベルトはまっすぐに僕を見て、責めるように言った。

「そんなことより、なんで聖女から誘いがあったことをお前が知ってるんだ？」

「なんでって……マリア様から直接聞いたんですよ。前に声をかけたけど断られたって」

「直接？　聖女と会ったのか？」

「はい。先ほど偶然お会いして、話したんです」

「さっき？　どこで？」

「え、王宮庭園の中央噴水の辺りですが……？」

「他には何を話したんだ？」

まるで尋問だ。ブルーの瞳に捉えられて、恐怖すら感じる。

「くそっ……、だからなるべく……」

アルベルトがぼそっと呟くが、小さな声だったのでよく聞こえなかった。

その後も会話の内容を細かく聞かれたが、とてつもない威圧感に洗いざらい話すしかなかった。

これ以上何も話すことがないというところまで伝えて、ようやく満足したのか尋問は終了する。

僕に嫉妬するくらいなら、さっさと自分で会えばいいのに……

消極的なくせに独占欲が強いひねくれ者の王子が本心を露わにするには、僕がなんとかきっかけを作るしかなさそうだ。

とその時、ある考えが思い浮かんだ。

『私いつもこの時間帯は、ここのお庭を散歩しているんですよ』

マリアは決まった時間に、庭園を散歩していると言っていた。

それなら、なんとかアルベルトを庭園に誘導すれば、偶然を装って会わせることができるのではないか？

今の状況では、おそらくこれしか方法がない。

僕はこの計画を実行に移すタイミングを、見計らうことにした。

＊＊＊

尋問から数日経っても、相変わらず主は部屋から出ない日々を続けていた。

しかし、さすがに二週間も経てば身体が鈍ってくるのだろう。ようやくアルベルトから、剣の鍛《たん》錬《れん》に出かけたいと言ってきた。

――ここを逃すまいと、僕は作戦を決行することにした。

まず二人を引き合わせるには、マリアが散歩している時間帯に合わせる必要がある。幸いアルベルトのために鍛錬《たんれん》場を押さえておいたり、相手役を呼んでおいたりするのは僕の役割なので、時間帯を調整することはできた。

アルベルトは僕がセッティングしたものに文句を言うような人ではないので、昼間の時間帯に鍛《たん》錬《れん》場を押さえたことを伝えると、問題なく了承してくれた。

次に場所の問題があるが、実は鍛錬《たんれん》場からアルベルトの部屋に帰るには、必ず王宮庭園を通る必要があるのだ。だから時間帯さえ合わせれば、そこはさして問題にはならない。強いて言うなら、僕という部外者がその場にいないようにするくらいだ。

ここまで準備して、僕はいつも通りアルベルトの鍛錬《たんれん》に同行していた。

アルベルトが騎士たちを同時に数人相手取っているところを確認しつつ、僕はこっそりと鍛錬《たんれん》場の隅に移動する。

そこでは屈強な騎士二人が、座って剣の手入れをしていた。僕はおずおずと近づき、小声で話しかける。

「……すみません、騎士団の方ですよね？」

「えっ⁉　アルベルト殿下の従者の……エミル様ですか？」

相当驚いたのか、騎士たちは手入れしていた剣を落とした。明らかに怖がられている。まあこんな反応も、すっかり慣れたものだ。

「そうです。実はお二人にお願いがありまして。厚かましくて申し訳ないのですが……」

「お、お願い？」

僕は一応、父が王族付きの侍従長ということで、貴族としてはそこそこの地位を持つ家の令息だ。さすがに無下に断るわけにもいかないのだろう。騎士の二人はしぶしぶといった様子だが、僕の言葉に耳を傾けてくれた。

「はい。アルベルト様の鍛錬《たんれん》が終わったら、お二人にアルベルト様の警備として、執務室まで付き添ってほしいのです」

僕がそう言った途端、二人は目を見開き、わけがわからないといった表情を浮かべた。

「えっ、殿下の……？　エミル様が付き添うのでは？」

「実は、僕はどうしても外せない急用ができてしまい、今から行かなくてはならないのです。さすがにアルベルト様を警備もなしに一人で帰らせるのは避けたいので、お二人にお願いしたいと。アルベルト様には、僕は急用で先に出たとお伝えください」

「いやいや、無理ですよ！　大体、王族より優先させる用なんてあるんですか⁉」

二人の言っていることはごもっともだったが、僕もここで引くわけにはいかない。

「ご心配なさらず。あんまりとやかく言う方ではないので大丈夫でしょう。アルベルト様がどうしても付き添いを拒むようなら、下がってしまって大丈夫ですので！　それでは、失礼します！」

後半はほぼ言い逃げだった。

ぽかんとする二人を置いて、心の中でごめん、と謝りながら全速力でその場から離れた。

建前として二人に部屋までの付き添いをお願いしたが、アルベルトは断るだろうと確信していた。そもそも彼は王宮のどの騎士よりも強く、自分の身は自分で守れる方。それに何より、普段から気心知れた僕以外の人間には付き添わせない。

僕がどうしても同行できない時は、アルベルトは一人で行動する。だからイザクならともかく、アルベルトが一人で王宮にいようが、周りは特に気にしないのである。

何はともあれ、これで最低限の準備は整った。

あとはタイミングが合うことを願うばかりだ。

＊＊＊

二時間後。

僕は庭園の噴水のほど近くにある柱を背にして、身を隠していた。

中央噴水は先日マリアと会った場所であり、かつ二人の馴れ初めイベントの舞台である。ここにいれば、期待している景色が見られるのではないかと待機していた。

そろそろマリアとアルベルトが鉢合わせする時間。

より気を引き締めていこうと考えていた時、ちょうど控えめな足音が、僕の耳に入ってきた。

すぐに確認すると、それは清楚な白いドレスに身を包むマリアだった。

僕は逸《はや》る気持ちを抑え、バレないように観察する。

マリアは以前言っていた通り、ゆっくりと庭園を散歩しているらしい。中央噴水の辺りで、庭園の花々を眺めていた。

さすがに聖女だけあって、背後に侍女が二人いたが、ゲームでもアルベルトと会った時は人払いをしていたので、おそらく進行に問題はないだろう。

マリアを注視しながら数分後。今度は反対側から足音が聞こえてきた。

そちらに目を向けると、従者を一人も連れず颯爽とアルベルトがやってきた。

そして二人は出会う。ゲームとまったく同じように。

「あっ……」

先に声を上げたのはマリアだった。アルベルトは噴水のところで足を止めた。

「君は……」

「アルベルト殿下。お初にお目にかかります、マリアと申します」

マリアはドレスの裾を軽く持ち上げ、優雅に挨拶をした。

「ああ。治癒の力を持つ聖女なんだって？」

「ええ、微力ながら……。もし殿下のお力になれるようなことがあれば、お申しつけください」

ちょっと硬い感じもするが、二人が普通に会話をし始めたのでほっと一安心である。

ゲームでは、アルベルトがパーティーで彼女を一目見て気になっていたこともあり、しばらく庭園を散歩しながら雑談をする。そして軽くアルベルトにも笑みが見えるようになったところで、マリアに対し歪んだ感情を持つ庭師の男が二人の前に現れ、アルベルトが助けるというシナリオである。

残念なことに、ゲームのように自然と二人で歩き出すということにはならなかったが、意外にもマリアが突然話を切り出した。

「実は殿下とお話をしてみたかったのです。恐れ入りますが少しだけお時間を頂戴して、ご一緒に庭園を散歩でもいたしませんか？　ユキ、マル。申し訳ないのだけれど、外してもらってもいい？」

マリアは軽く振り向くと、侍女に二人きりにしてもらえるように促す。

僕はマリアの積極性に驚いてしまった。

「……わかった」

なぜかアルベルトはかすかに嫌そうな顔をしたが、すぐに表情を戻して受け入れた。

そうして、二人は庭園を歩き始める。

僕は二人とは一定の距離を保っているので、会話のすべてが聞こえるわけではない。しかし漏れ聞こえてくる内容から察するに、なんてことはない雑談のようだ。

よし、このまま行けば庭師が乱入してくるタイミングまであともう少しだ。

固唾《かたず》を呑んで見守っていた——その時。

「申し訳ない、マリア嬢。急用を思い出したのでここで失礼していいか？」

「えっ……？　あ、ええ、もちろん」

突然、アルベルトが切り上げた。

これにはマリアも困惑気味だったが、無理やりいてもらうわけにもいかないのだろう。マリアはしぶしぶ了承し、アルベルトはその場を離れた。

……いや、何してんの⁉

思わず叫び声を上げそうになったが、なんとか堪える。

あまりにもコミュニケーション下手すぎて、気になる子との二人きりの会話に耐えきれなかったのか？　だとしても、もう少し頑張ってもらわないと、馴れ初めイベントが起こらないじゃないか！

ただ隠れているだけの僕にできることは何もなく、気づくとアルベルトは遠くのほうに行ってしまっていた。

マリアはしばらくその場に立ち尽くし、自室に帰るアルベルトの後ろ姿を見つめている。

……マリア。あんな主人でごめんなさい。僕は申し訳なさで、どうにかなりそうだった。

一人になってしまったマリアは、本来アルベルトと散歩するはずの道を独りで歩き始めた。二人はすでに解散してしまったので、僕もバレないように帰るべきなのだが……

――ちょっと待てよ。

その時、ある疑問が脳裏に浮かんだ。

アルベルトがいなくなりマリアが一人きりになったということは、あの庭師に襲われてしまう出来事はどうなる？

ぞくり、と嫌な感覚が身体を駆け巡る。

僕はそのまま、ゆっくりと歩くマリアの背後を注意深く尾《つ》けていった。

するとマリアは足元に咲く淡いグリーンの薔薇《ばら》に視線を落とし、歩みを止めた。

「珍しい色……」

その薔薇《ばら》はマリアの翡翠《ひすい》のような瞳の色と似ており、思わず惹きつけられてしまう魅力があった。

「ふふ、聖女マリア様。お気に召したようで何よりです」

その時、いつから近づいていたのだろうか、中年の男がマリアに話しかけた。

――誰だ、あれは？

従者でもない、見たことのない顔だった。

「あなたは……？」

マリアの顔見知りでもなかったらしい。不思議そうな顔で男のほうへ振り向いた。

「その薔薇《ばら》はですね、私が植えたものなんですよ。知人にグリーンローズを栽培している人がいるって聞いたものだから、この庭園にも植えたんです。あなたにもきっと喜んでもらえると思って。ほら見てください。この色、あなたの瞳の色と一緒でしょう？　私は一目見た瞬間から、この色が忘れられなくてね……」

名乗ることはせず、男はうっとりとした表情でとめどなく話し続ける。ニタニタと薄気味悪い笑みを浮かべて、マリアとの距離を詰めていく。

そして、その男のズボンのポケットに、ギラリと光る何かが入っているのが見えた。

――まずい!!

それが見えた瞬間、僕は急いでその場を飛び出した。あいつは間違いなく、マリアを襲う庭師だ。

困惑するマリアを見つめながら、男はついにポケットに手を入れ、刃物を取り出した。

「ようやく会えたんだ……。私だけのものになってください、マリア様ぁッ！」

にやりと歪《いびつ》に笑い、男は刃物を振りかざした。

「危ない!!」

間一髪。僕は勢いよく男の胸に蹴りを入れ、男は背中から地面に倒れこんだ。

「ぐっ……！」

その衝撃で、カラン、と手にしていた刃物も地面に落ちた。

「エ、エミル様!?」

「マリア様。大丈夫ですか!?」

マリアは驚きで目を丸くしていた。幸い、どこにも怪我はなさそうだ。

僕は改めてマリアを背後にかばい、男に向き合った。

「くそっ……邪魔が入ったか……」

僕の非力な蹴りでは、たいしたダメージにならなかったらしい。

男は何事もなかったように起き上がると、近くに落ちた刃物を再び手に取った。

「マリア様は私だけのものだ……邪魔する奴は全員刺してやる……」

男はぶつぶつと言いながら、僕を睨みつける。

真っ青な顔で、目は血走り、到底正常な状態ではないことがわかる。

……ど、どうしよう⁉　飛び出して攻撃を防いだのは良いが、男は確実に躊躇なく僕やマリアに襲いかかるつもりだ。

僕は腕っぷしが強いわけでも、魔法が使えるわけでもない。

ただの脇役の自分が、これ以上できることはない。しかしなんとしてでも、マリアは守り抜かなければ。

男は対峙する僕の右手首を勢いよく掴む。そしてもう一度、刃物を構えて――

「エミル様‼」

マリアの叫び声が聞こえる。

まるでスローモーションのように、目の前の光景が流れていく。

もしかしてこれ、詰んだ？　僕の二度目の人生、これで終わってしまうのか……？

そう諦めかけた時、突如として真っ黒な何かが、視界を遮った。

「ああああ‼」

恐ろしい絶叫を上げたのは、男のほうだった。

少しして視界を覆っていた闇が晴れる。恐る恐る目を凝らすと、男は手のような無数の影に包まれ、拘束されていた。この魔法は……

「エミル。こんなところにいたのか？」

低く落ち着いた声が耳に届く。

アルベルトだった。依然として闇魔法で男を拘束しながら、僕の隣にやってきた。

「お前の声が聞こえたから来てみれば……一体何があった？」

「この男がマリア様に襲いかかろうとしていまして。僕が間に入りました」

アルベルトは、僕の返答に大きく目を見開く。そして、僕の手首に視線を向けた。

「……お前。その痕……」

アルベルトの地を這うような声。驚いて自分の右手首を見ると、先ほど男に掴まれた箇所が赤く腫れていた。気づいてしまうと、痛みも少し自覚してくる。

「あ……実はさっき、掴まれて……。でも、たいしたことはないので大丈夫です」

僕はそう言って、痛みをごまかすように笑った。

アルベルトはそんな僕を見て苦々しい表情を浮かべると、闇魔法で縛り上げていた男に向かって、再度手を翳《かざ》した。

「う、ううぅ……!!　ひ、ああああ!!」

その刹那、先ほどまでとは比べものにならないほどの絶叫が庭園に響いた。

「えっ……？」

男の左手――僕の手首を掴んだ手を中心に、真っ黒な影が蛇のように男に巻きつき、容赦なく締め上げる。男の骨が圧迫され軋むような不気味な音を立てるが、それでも力は緩まない。

「ぐっ……ぅ……」

ついに男は目の焦点がぶれ、叫び声すら上げられなくなった。その様子に、茫然としていた僕の意識が、やっと引き戻される。

「アルベルト様！　さすがにもう――」

「どうしました⁉」

僕が彼を制止しようとした時、庭園の奥から声が聞こえた。複数人の足音が響き、こちらに向かってくるのがわかる。

きっと、この騒ぎを聞きつけた騎士たちだろう。

「……ちっ」

アルベルトは舌打ちをすると、ようやく翳《かざ》していた手を戻した。

黒い影は霧のように消え、支えを失った男はまるで人形のようにドサッと地面に落ちた。

意識を失った男の身体には、僕の手首につけられた痕とは比べものにならない……無数の赤黒い痕が残っていた。

「一体、これは……⁉」

駆けつけた騎士たちは、この惨状に絶句していた。しかしアルベルトはそれを意に介さず、冷静に告げる。

「刃物を持って聖女に襲いかかったそうだ。襲われる寸前に俺が魔法で防いだ。こいつは間違いなく重罪人だから、早く連れていけ」

「はっ、はい！」

命令された騎士たちは、素早く男の身体を抱え連行していった。

僕はふと背後にいるマリアを振り返る。マリアは静かに何かを考えこむような様子で、連行される男をじっと見つめていた。


騒ぎが一段落して、その場に残ったのは僕、アルベルト、マリア、護衛のために残った数人の騎士たちだった。

「エミル様、殿下。助けていただいて、本当にありがとうございました」

ようやく静かになった庭園に、マリアの控えめな声が響く。彼女は頭を下げ、僕たちへ感謝を示した。

「いえいえ、頭を上げてください。しかし、本当に怖かったですね……僕は特に何もできませんでしたが……」

「とんでもないです。私も驚いてしまって、即座に反応ができませんでした。エミル様が来てくださらなかったら、どうなっていたことか」

マリアは申し訳なさそうに眉尻を下げると、僕の手首の上に手を翳《かざ》した。

「あの。なんのお礼にもなりませんが……」

そう言うとマリアは小さく何かを唱え始める。すると腕の腫れはみるみるうちに治り、痛みが消えていった。

「あ……これって……」

「はい。治癒の力です」

聖女の治癒の力。その能力の強さに、思わず目を丸くする。いくらなんてことない痕といっても、こんなに一瞬で治るなんて。

「ありがとうございます。マリア様」

僕が笑顔を向けると、マリアも微笑み返してくれた。

僕はマリアの治療が終わったことを確認すると、隣にいるアルベルトをちらりと見た。アルベルトは先ほどからずっと黙ったままで、僕とマリアをじっと見つめていた。

気になる女性を助けた直後なのだから、マリアに思いやる言葉をかけてあげてもいいのではないだろうか。

「あの、殿下」

先に声をかけたのは、マリアのほうだった。

ゲームの流れで言えば、このタイミングで馴れ初めイベントが見られるはずだ。しかし目の前の光景にはどこか違和感があった。

マリアの表情は、ゲームで見せるうっとりとしたものとはまったく異なっていたからだ。今は真剣なまなざしで、アルベルトを射貫《いぬ》いていた。

「アルベルト殿下、先ほどはお話の途中で終わってしまいましたが……私、やっぱりどうしても殿下とお話ししたいことがあるんです。お忙しいことはわかっていますが、どうか二人だけでお話しできませんか」

そう告げられたアルベルトは、片眉を上げて怪訝そうな表情をする。

「……どうしてそこまで、俺と話したがるんだ」

「それは……お話しすれば、わかります」

二人の間に、僕が到底入りこめないような、ピンと張りつめた空気が広がる。

思っていた雰囲気とは随分違うが、再びマリアが二人きりで話したいと言ったことには変わりない。

きっとこれからゲームで展開された、マリアが闇魔法を『人を救える力』だと伝える場面になるはずだ。

マリアの言葉に、アルベルトがしぶしぶといった様子で頷いた。

「あっ……じゃあ、僕は先に戻っていますね！　それでは失礼します！」

僕はそう言って、そそくさとその場を立ち去る。

――紆余曲折はあったが、ここからきっと、二人の恋は始まるはずだ。

＊＊＊

エミルが小走りで立ち去るのを見送ってから護衛たちを帰し、俺は改めて聖女と向き合った。

目の前の彼女は、時折吹く爽やかな風に亜麻色の髪を揺らしながら、まっすぐに俺を見ていた。

「……で？　話したいことって何なんだ？」

聖女は俺の億劫《おっくう》さを隠さない声色にも気にした様子はなく、口を開いた。

「殿下。まず先ほどは助けてくださって、ありがとうございます。それ自体にはとても感謝しています。ですが、あなたの闇魔法について少しお尋ねしたいことがあるのです」

ついに来たか。俺はなんとなく予想していた通りの言葉に、ほんの少し口角を上げた。

「……なんだ？」

余裕の俺に多少ひるんだのか、聖女には一瞬戸惑いが見えた。しかし、すぐさま意を決したように、堂々と言葉を紡いだ。

「――殿下。あなたはその闇魔法で、複数人の従者を洗脳していますね？」

聖女の目には、もはや疑いがなかった。俺は薄い笑みを崩さないまま、聖女に問いかける。

「どうしてそう思うんだ？」

「最初のきっかけは、私の歓迎パーティーでのことです。そこで私は、会場からおぞましい、形容しがたい気配を感じ取りました。それもかすかにではない、非常に強力なものです」

――俺は以前、秘密裏に調べた内容が脳裏を過《よぎ》った。

『聖女の治癒の能力は闇魔法と相反し、お互いの力を感知できる』

たしかにそれならば、俺の魔法を感知できても、なんらおかしくない。

聖女はさらに続ける。

「調べていくうちに、私はその気配を王宮内の複数人の従者から感じることに気がつきました。つまりその方々は、闇魔法により強い洗脳を受けていたのです。そして、この王宮で闇魔法を使えるのは……」

「闇魔法を使えるのは俺だけだから、俺が従者にかけたんだろう、と？」

俺はわざとらしく肩を竦《すく》ませたが、聖女は意に介さない。

「もちろん、外部の者による可能性も否定できませんし、わざわざ殿下が従者相手に洗脳魔法をかける意味もわかりません。だからこそ、殿下とお話をして、殿下が洗脳魔法をかけた人物なのかを確かめようとしていました。……でも、犯人捜しはもうおしまいです。あなたの闇魔法を、この目で見られましたからね」

「先ほどの件で確信したと？」

「はい。先ほどの強くおぞましい闇魔法の気配は、私が王宮内で感じたものとまったく一緒でした」

……そう、本来はこの聖女の前で、闇魔法を使うつもりはなかった。しかし、エミルが危険な状況ならば、話は別だ。

とはいえ、この短時間で気づくとは。どうやら目の前の人間は、思っていた以上に厄介な存在らしい。

「そうか。さすが聖女様だな。俺が洗脳していることに気がついたのは、君が初めてだ」

俺は笑みを崩さないまま、そう言い放つ。

聖女は俺をただ見つめたまま、黙っていた。しばらくして、風でかき消されそうなほど、小さな声で呟いた。

「……なぜ」

「……ん？」

「殿下は第二王子です。気に食わない従者がいるとして、わざわざ闇魔法で洗脳をしなくても、いくらでもあなたの名で追放することができるはず。それなのに、なぜそうしなかったのか……」

一呼吸置いて、聖女の確信めいた声が、俺の耳に届く。

「私はその理由に、エミル様の存在があると思っています」

俺はついに笑顔を保つことができなくなった。無表情になった俺を見ながら、聖女は続けた。

「エミル様に誰も近づかないように、エミル様と仲が良かった従者の方々を洗脳したのではないですか？」

その時、不釣り合いなほどの爽やかな風が、俺たちの頬を撫でた。

鬱陶《うっとう》しい。そんなところまで気がつくとは。

「……へえ？　面白いな」

「私、王宮に入った時に、ある従者の方に言われたんです。『アルベルト殿下には専属従者であるエミル以外は近づけない。そして、専属従者であるエミルと仲の良い人物は、不思議と退職したり、怪我をしたりと不幸が続くようになる。きっと殿下の呪われた力はエミルにもうつっているのだ。だからこそ誰も二人と関わろうとしない』って……」

　黙っている俺を見ながら、聖女は続ける。

「憶測でしかありませんが、その噂も殿下があえて広めていたのではないですか？　エミル様が危険な目に遭《あ》った時の報復も、私がエミル様と話をしている時の殿下の目も、普通のものではありませんでしたから。あなたはエミル様を、誰にも近づけたくないんでしょう」

　俺はマリアの言葉を聞きながら、自分が洗脳魔法をかけてきた従者たちの顔を思い浮かべた。

　八年前。エミルが階段から突き飛ばされる事件の前は、俺に近づくと呪われるという噂は『本当に』囁《ささや》かれていた。

　だから誰も、自分に近づいてこようとはしなかった。しかし俺に対する噂だけでは、エミルに近づく人間は必ずいるだろう。

　だからほんの少し、自らの噂に尾ひれをつけた。

『第二王子アルベルトの呪われた力は、専属従者であるエミルにもうつっている。だから迂闊《うかつ》に近づかないほうがいい』と。

　しかしそれでも、エミルと仲の良い従者の中には、変わらずエミルに接する奴らがいた。中には、恋愛感情を向ける者だって。

　だから俺は、その複数人に対して、洗脳魔法をかけた。

「憶測の域を出ないものに関しては、私はこれ以上追及するつもりはありません。でも、洗脳した人たちは元に戻してください」

「それが君の望みか？　なぜそこまで？」

「洗脳された人々を元に戻してあげたいと思うのは、特別おかしなことではないでしょう？　それに、私は自分を助けてくれたエミル様の本来の友人を取り戻してあげたいのです」

聖女はどうやら、エミルに恩を感じているらしい。美しくて、綺麗な感情だ。俺はそれをまざまざと見せつけられて、真っ黒な感情があふれ出しそうになる。

同時に、聖女のほうも俺を睨みつけるような視線を向けた。

そして、はっきりと言い放った。

「私はエミル様に、あなたがやってきたことを、お話しすることだってできるのですよ」

それは紛れもない脅迫だった。エミルが俺に恐怖し、自ら離れていってしまうこと……俺が最も恐れていることを、こいつはよくわかっている。

俺はなんだか無性におかしくなって、嘲《あざけ》るように笑った。

「それを言うなら、聖女様。今この瞬間、俺は君を洗脳することだってできるんだぞ？」

「なっ……！」

予想外の言葉だったのか、聖女がたじろいだ。

「それをしないのは、無駄に力を使ってエミルに少しでも疑問を持たれるのを避けるためだ。君みたいに能力がある人間だと、効果が長続きしない場合もあるからな。でも君の今の能力は不安定で、それほど強くないよな。だから洗脳自体は問題なくできる。試しに、ここでやってみようか？」

今日、聖女から散歩に誘われた時、俺はこっそり彼女の能力の強さを確認していた。やはり事前の情報通り、今は能力が発現したばかりで、俺を圧倒できるほどの力の強さは感じなかった。

「洗脳された奴らは、聖女なら治癒の能力で解放できるんじゃないのか？　俺がかけたのは数年前だから、効力は弱まっているだろうし。まあ、聖女としての力が覚醒したばかりの君だと、少し難しいのかもしれないが」

「……わかりました」

俺の言葉に、聖女は俯く。そして悔しそうに拳を握りしめながら、声を振り絞った。

「……わかりました。洗脳された方々は、私がいつか必ず洗脳を解いてみせます」

「ああ。それがいいと思うぞ」

──脅しには脅しで返すだけだ。俺の望みはただ一つだけなんだから。

「あ、でも聖女様。下手にエミルには近づくなよ。いつ君に洗脳魔法をかけてしまうかわからないからな」

俺の発言に聖女は眉を顰《ひそ》め、苦々しい様子で答える。

「エミル様と私は今後良き友人になると思いますが、それ以上の感情はありませんのでご安心を。まあ、あなたにとっては、それすらも嫌なんでしょうけど」

「よくわかってるじゃないか」

目を細めて言った俺に対して、聖女がぽつりと呟く。

「殿下──あなたは、異常ですよ」

＊＊＊

「アルベルト様！　マリア様とのお話は、どうだったんですか⁉」

馴れ初めイベントの翌日。

僕は気になって仕方なかったことを、ついに質問することができた。

アルベルトは相変わらず本を読んでいたが、僕の質問にゆっくりと顔を上げた。

「どうって……何もないが？」

「いやいや！　何かあるでしょう！　こう、助けてもらったお礼……とか！」

「ああ。まあそれなら、一応お礼は言われたな」

「どんな風に言われたんですか⁉」

マリアは闇魔法を『人を救える力』と言ったに違いない。

僕は二人の恋のキューピッドとして、本当に馴れ初めイベントが無事に終わったかを確かめたかった。

「まあ、普通に『ありがとうございます』とは言われたが……」

「その後は⁉　他には何を言われましたか？」

さすがのアルベルトも、僕の勢いに若干引き気味だ。

「他には……？　あ、そうだ。異常だとかは言われたな」

「……へ？」

アルベルトが思い出したように言う。あまりにも予想外の言葉で、脳の処理が追いついていない。

異常って、なんのことだ。もしかして闇魔法のことか？　だとしたら、あまりにもゲームとは正反対の言葉じゃないか……？

「あの、でも、アルベルト様はマリア様のことを助けたわけですし……？」

「間近で見て本当にそう思ったから、言っただけじゃないのか？」

　アルベルトの様子だと、きっと本当に言われたんだろう。しかしマリアは助けてくれた人に、そのような言葉を放つ人ではないと思う。

一体なんでこじれてしまったんだ。

困惑して立ち尽くす僕を見て、アルベルトは手元の本を置き、腰を上げた。そして僕の目の前に歩みを進めると、壊れものを扱うように、そっと僕の右手を取った。

「……え？」

「手、本当に大丈夫なのか」

アルベルトは僕の手元をじっと見ながら、消え入るような声で言う。あの庭師に掴まれ、マリアが治してくれた右手首は、痛みも痕も、一切残っていなかった。

アルベルトなりに心配してくれたのだろう。僕は彼を安心させたい一心で微笑んだ。

「もちろんですよ。この通り、マリア様のおかげですっかり治りましたから」

しかし僕がそう告げた途端、アルベルトの瞳が悲しそうに揺れた。アルベルトは一瞬の沈黙ののちちに、ぽつりと呟く。

「俺の持つ力がこんな力じゃなくて……お前を治せる力だったら、良かったのに」

その声の切ない響きと、悲痛な表情に……僕はふと、昔の記憶が脳裏に蘇った。

そうだ。アルベルトは僕が階段から突き落とされ、怪我をしてしまった時も、こんな表情をしていたっけ。

僕はアルベルトの手のひらを、ぎゅっと握り返した。

「アルベルト様。何を仰るんですか」

「エミル……？」

「アルベルト様の力だからこそ、僕たちは救われたんですよ」

僕たちはあんなに至近距離で、刃物を向けられていたのだ。普通の人間なら、助けようにも助けられない。

ただ立ち尽くすしかない状況でも、アルベルトの力だからこそ、僕とマリアは救われた。

呪われた力と言われ、皆に恐れられていようが関係ない。今も昔も、僕は何度だって彼に救われている。

僕が笑顔を向けると、アルベルトの表情も優しく緩む。

「……前にも、そう言ってくれたよな。俺の力は『人を救える力』だって」

アルベルトも昔のことを思い出していたのか、微笑みながらそう言った。先ほどの悲痛な響きは消え、僕はそっと胸を撫でおろす。

「はい。僕は、何度でも言います。アルベルト様の力は、呪われた力ではなく、人を救える――」

その言葉を言おうとした瞬間、雷のような衝撃が走った。

「おい、どうした？」

突然固まった僕に、アルベルトが訝しげに声をかけた。しかし、僕はその様子を気にする余裕がないくらい、パニックに陥っていた。

『あなたの力は呪われた力ではなく、人を救える力です』

先ほど僕が口走った言葉――いや、そもそも八年前に言った言葉は、ゲームのマリアの台詞そのものじゃないのか？

この台詞は二人の馴れ初めイベントにおいて、最も重要なもの。しかしマリアは、アルベルトにこのような言葉をかけていない。それどころか、異常と言い放っている。

「え、そんな」

だとしたら僕は、無意識にフラグを潰した？

「エミル、さっきから何なんだ……？」

「い、いえ。な、なんでもないです……」

とっさに繕ったが、いきなり頭を抱え出した僕を、アルベルトはわけがわからないといった様子で見つめていた。

やってしまった。二人の恋のキューピッドになろうとしていたのに、僕が重要な台詞を言ってしまったせいで、狂ってしまったのかもしれない。

――こうなったら自棄《やけ》だ。

「アルベルト様。マリア様とお話ししてみて、どんな印象でした……？」

僕は自暴自棄になり、アルベルトに質問を投げつけた。

こうなれば直接聞くしかない。二人の気持ちを確かめて、なんとか対策を練らなければいけないんだから。

「今度は何なんだよ。しかも、またあの聖女のことか？」

アルベルトはあからさまに顔を顰《しか》め、呆れたように言い放つ。それでもひるまずじっと彼の返答を待っていると、アルベルトは根負けしたように肩を竦《すく》めた。

「まあ、勘のいいタイプだなとは思う。ある意味、俺のことをよくわかってるかもしれないな。………だから……面倒……だが」

ぼそっと呟いた最後のほうは、よく聞き取れなかった。しかし僕は「よくわかってる」という言葉を聞いて、地の底まで落ちていたテンションが上昇した。

「それって……」

それって、マリアは「ありのままの俺をわかってくれる」人だと思った、ってことだよね!?

それなら、そう思うだけの話の流れがあったはずだ。マリアが異常と言ったのは、悪い意図ではなかったのだろう。

案外、これはこれで馴れ初めイベント成功なのでは!?

真っ暗な部屋に、一筋の光が差しこんだかのような感覚。

僕の恋のキューピッド作戦は、なんとか次に繋げられたのかもしれない。

「よ、良かった……」

僕が安堵のため息をついたのもつかの間……アルベルトは突然、僕の頬に手を寄せた。

「……なあ、エミル」

「えっ？　あの」

困惑する僕をよそに、アルベルトは顔を近づけ視線を合わせてくる。

「もう俺の知らないうちに、聖女と会ったりするなよ」

まっすぐに僕を見つめる瞳は、不安に揺らぎ、強い執着を宿しているように見えた。僕はその深いブルーの色合いに、思わず身震いしてしまう。

これは、嫉妬……なんだろうか。

僕はアルベルトが助けてくれた時のことを思い出していた。あの時アルベルトは、マリアを襲った庭師に対して、ゲームよりも過激に……もしや殺してしまうのではというくらいに、報復をしていた。

僕が思っている以上に、アルベルトのマリアに対する愛執は、深くなっているのかもしれない。ただの凡庸な従者が、マリアと話すことも許せないくらいに。

「も、もちろんです」

僕が震える声でそう答えると、アルベルトは少し満足したように、手を放した。

――僕が、なんとかしないと。

不器用なこの人が、ここまで愛するマリアと結ばれるように……

次は、二人の仲を深めるイベントがある。

僕はぐっと拳を握り、今度こそ完璧にサポートしてみせると、決意を新たにしたのだった。

第三章　選択の余地はない

オープニングと各キャラクターの馴れ初めイベントが終了すれば、その後の行動はプレイヤー次第。プレイヤーは、推しのキャラクターの好感度を上げるため、多くの選択を迫られる。

例えば、『誰をデートに誘うか』『誰にプレゼントをするか』。こんな選択肢が出た時、誰を選ぶかでエンディングに大きな影響を与える。

真っ白で幻想的な雰囲気が漂う教会内部。そこで純白の修道服に身を包んだプレイヤーは、大きな選択を迫られる。

アルベルトか、イザクか。

プレイヤーの立場のマリアはどちらを選ぶのか。僕は、彼女がアルベルトを選ぶように祈るしかなかった。

＊＊＊

聖女マリアの歓迎パーティーの数日後。王宮では依然として慌ただしい雰囲気が続いていた。

「アルベルト様。実はまた父に呼び出されてしまいました。できれば本日すぐにでもということなのですが、行ってもよろしいでしょうか？」

僕は遠慮がちにアルベルトに尋ねる。

アルベルトは鍛錬《たんれん》用の服に着替えながら、僕をちらりと見た。

「また聖女の『祈りの儀式』とやらの準備か？　まあ、侍従長の呼び出しなら無視するわけにはいかないか。だが、また俺の鍛錬《たんれん》の途中に勝手に抜け出すなんてことはするなよ？」

「わかりました……もうしません。アルベルト様の鍛錬《たんれん》が終わったあとに行くことにしますね」

以前僕が鍛錬《たんれん》中に抜け出してから、アルベルトに「必ず事前に言え」と口を酸っぱくして言われていた。

アルベルトとマリアの偶然の出会いを演出できたのは良かったが、たしかに僕自身も危ない目に遭《あ》ったので、従うしかない。

話しているうちにアルベルトは着替え終わり、準備ができたようだった。

僕はいつものように、主君と共に鍛錬《たんれん》場へ向かった。

「ところで、その聖女の『祈りの儀式』っていうのは何なんだ？」

鍛錬《たんれん》場に行くまでの道すがら、アルベルトが思い出したように尋ねてきた。

マリア関連にはやはり興味を隠せないのか、と少し頬が緩んでしまう。

「よくぞ聞いてくださいました。実はアルベルト様にもご参加いただくことになるので、折を見てご説明しようと思っていたんです！」

「……俺も参加しなければいけないのか？」

アルベルトがあからさまに苦い表情をした。こういう時だけわかりやすいのだ、この人は。

「はい、絶対参加です！　何せ、王国にとっての一大イベントですからね。王族のための儀式と言っても過言ではありません」

僕は熱意を込めてアルベルトに語り始めた。

『祈りの儀式』。

それはこの王国で、聖女が誕生した時に行われる儀式である。

強力な治癒の能力を持つ聖女は、病気や怪我を治すだけではなく、祈りをささげることで対象に加護を与えるとされている。

だからこそ、この儀式の中で聖女は王国そのものに対して祈りをささげるのだ。

もちろん病気や怪我が治るというような、目に見える影響はない。しかし民衆にとっては、聖女がこの国に祈りをささげたという事実が、大きな安心感となる。

そういった意味で、民衆や貴族からの支持を留めておきたい国王陛下、そして王国にとっては外せない一大イベントなのだ。

もちろん、この国に祈りをささげるといっても、何かしらの対象は必要だ。だからこそ、陛下が国の象徴として祈りを受ける。そして他の王族は国を統率する者たちとして、その場に参列し、一緒に国の平和と繁栄を願うのである。

「なるほどな。一種のパフォーマンスのようなものか」

僕の渾身の力を込めた解説を聞いたアルベルトの一言目が、これだった。

「パフォーマンスってなんですか！　たしかに目に見える何かはないかもしれませんが、実際に聖女様が祈りをささげてくださるんですよ！　素敵な儀式だと思いませんか？」

「聖女は、実際に力を使うのか？」

「祈りをささげるんだから、当たり前でしょう！」

僕は必死に、アルベルトに対して儀式の必要性を説いたつもりだったが、あまり響かなかったらしい。

しかし僕にはどうしても、アルベルトを参加させなければいけない理由があるのだ。

「アルベルト様。この儀式、実はそれだけじゃないんです」

僕は深刻な声色で伝える。雰囲気の変わった僕を察したのか、アルベルトも少しだけ緊張した表情を見せた。

「どういうことだ？」

「儀式では、この国の代表である陛下以外にもう一人、聖女様が王族の中から任意に選んだ対象者に祈りをささげることになっているんです！」

僕がそう言うと、アルベルトは訝しげな目を向けた。

「……それで？」

「普通にしていたら一生いただけない聖女様の祈りですよ！　しかも国全体とかではなく、その一人に対してです。祈りを受ければ聖なる加護が与えられて、その者の未来が輝かしいものになると語り継がれているんです」

「随分、抽象的な話だな。目に見える効果はないんだろ？　ちょっとしたお守りみたいなものだな」

アルベルトは肩を竦《すく》ませた。完全に呆れられている気がする。

……アルベルトが言っていることも、あながち間違いではない。

治癒の能力と違って明確な効果はわからないから、一種のお守りのようなものと言ってしまえばその通りだ。しかし、アルベルトのような一線を引いた見方をしている者は少なく、この国では祈りの儀式で選ばれることは、何よりも名誉なことだった。だからこそ王族は皆、この儀式で選ばれることを強く望んでいる。

「ま、まあそんなこと言わずに。どうせ強制参加ですから」

「そうか。お前も来るんだろ？」

「はい、専属従者は同行を許されています」

とはいっても、当日は案内役兼雑務担当としているだけだが。

今回は王族が全員参加するイベントなだけあって、僕たち従者は準備に追われている。いくら僕が一人でアルベルトの世話をしていようが、関係なく駆り出されているのだ。

脇役であっても、僕はこの儀式を間近で見られる役割で良かったと思っていた。

なぜなら、この儀式はゲーム『ルナンシア物語』において重要な一大イベントだから。

出会い、馴れ初めイベントが起こったあと、プレイヤーは選択肢を与えられながらも自由に行動していく。もちろん、その選択によってキャラクターの好感度が上下する。

ベストな選択をして推しキャラクターの好感度を上げる。そうすれば、推しキャラクターの個別ルートに突入し、ハッピーエンドに近づくというわけだ。

その中でも、この儀式のイベントでの選択肢は好感度、ひいてはエンドを大きく左右する。

僕は『ルナンシア物語』をプレイしていた時の記憶を思い起こす。王国の代表としての陛下に祈りをささげたのち、突然画面に選択肢が現れるのだ。

――イザクとアルベルト、どちらに祈りをささげますか、と。

ここで初めて、明確にキャラクターを選ぶ選択肢が登場する。

どちらを選んだって、言ってしまえば祈りをささげるだけ。しかし、エンドには大きな影響を及ぼしてしまう。

アルベルト×マリアのハッピーエンドには、ここでアルベルトを選んでもらわなければいけないのだ。

＊＊＊

「わぁ……！　なんだか、すごくカッコいいです！」

いつも通りの鍛錬《たんれん》場。しかし鍛錬《たんれん》に励むアルベルトの姿は、いつもとは一味違っていた。

相手の攻撃をひらりと躱《かわ》し、カウンターで鳩尾《みぞおち》に短剣の柄頭を突き立てる。普段と異なり短剣を使っているので、両手剣よりも身軽で優雅な動きが映えるのだ。

僕はその舞うような剣術にしばらく見惚れていたが、どうやらこれで模擬戦はひとまず終了らしく、アルベルトは戦っていた指南役の男と話しこみ始めた。

身のこなしは幼少期からさらに磨きがかかり、鍛錬《たんれん》場で休んでいる騎士たちも剣の手入れそっちのけで彼の動きに魅了されていた。一旦演習が終わったのを見て、騎士たちもようやく視線を逸らし、手入れに集中し始める。

いつもは一人でアルベルトの剣術の素晴らしさを噛みしめているのだが、今日は普段と違った鍛《たん》錬《れん》内容ということもあり、誰かとこの思いを共有したくてうずうずしていた。

しかし残念ながら、いつも僕の半径一メートル以内には誰も近づいてこようとしないので、僕から話しかけるしかないのだが……

――その時、ちょうど良い人物を見つけてしまった。

僕は素早く近づき、声をかける。

「すみません、あの時の騎士さんですよね!?」

物静かに剣の手入れをしていた、黒髪短髪の騎士。以前、アルベルトとマリアを引き合わせる時に、アルベルトの付き添いをお願いした騎士の一人だった。

「うわあああ!?　エミル様!」

話しかけた途端、騎士はまるで幽霊でも見たかのように後退《あとずさ》った。

……さすがにその反応は傷つくぞ。

「先日は本当にありがとうございました。おかげさまで助かりました!」

笑顔でお礼を伝えると、騎士は額に脂汗を浮かべながらきょろきょろとし始めた。

「い、いえ。結局殿下から付き添いはお断りされてしまいましたから。でも……大変だったんですよ！　エミル様が急用でいなくなったとお伝えして、私たちがお伴しますと言った時の、殿下の表情といったら……どれだけ恐ろしかったか！」

騎士は屈強な身体を縮こまらせて、心なしか震えているように見えた。

「え、えぇ……？　そうだったんですね、それは申し訳ありませんでした……。でも、きっとアルベルト様は怒っているわけではなかったと思うので、安心してください！」

たしかにアルベルトは美しすぎるだけに、ちょっと凄《すご》んだだけで、とてつもない迫力だ。きっとこの騎士も、それで恐怖感を抱いてしまったのだろう。

「そ、そうですかね……？」

「そうですよ！　ちなみに騎士さん、お名前を伺ってもよろしいでしょうか？」

「……あ。私はアーロンと申します、エミル様」

「じゃあ、アーロンさん！」

騎士――もといアーロンは、徐々に緊張が解れてきたようだ。

僕より少し年上くらいだろうか。短髪で大柄な身体に日焼けした肌は、いかにも騎士といった風貌だ。

「アーロンさん……ちなみに今日のアルベルト様の鍛錬《たんれん》、ご覧になっていましたか？」

僕がこっそり聞くと、アーロンは目を輝かせ、興奮をなんとか抑えるようにしながら答えた。

「は、はい……！　先ほどの模擬戦形式のものまで拝見していました。殿下の剣術は本当に素晴らしいですよね……」

「そうでしょう⁉」

そうそう、これ！　思わず僕は前のめりになった。

「あの身のこなしはアルベルト様にしかできないんじゃないかって、僕は思ってるんですけど……アーロンさんから見てどうですか⁉」

「殿下に対して評価するなんて恐れ多いことはできませんが、騎士の私から見てもそう思います。あれはきっと天賦の才能でしょうね……つい目を奪われてしまいますよね」

「わかります‼」

アーロンは真剣に、アルベルトの剣術について語ってくれた。上辺だけのお世辞ではなく、本当に思っていることを話してくれている。

僕はひたすらにうんうん、と頷き、共感を伝えるのだった。

基本的に僕は、アルベルトと話している時間がほとんどを占める。つまり、アルベルトの剣術の素晴らしさなどを語り合える人がいないのだ。

「そういえば、殿下の今日の鍛錬《たんれん》、いつもとまったく違うメニューでしたよね？　しかも珍しい形をした短剣を使ってましたし……どこか異国の武術でしょうか？」

アーロンは小首を傾げながら尋ねた。

待ってましたとばかりに、僕はすかさず答える。

「そうなんです！　今日はアルベルト様からご要望がありまして。異国ではなく、辺境の地にある『ロイス』という地域に伝わる武術だそうです。王都とは違った栄え方をしてきたので、武器も戦い方も違うんだとか。なんとか指南役の方も連れてくることができて、今日のメニューに取り入れることができたんです！」

「そうだったんですか。それをあんなに短時間で習得なさるなんて……」

「本当にすごいですよね……。あの短剣、扱いが難しいみたいなんですが、アルベルト様にはより身軽に攻撃ができて合っているように思います！」

前世で例えるなら、『推し』について語り合える仲間といったところか。これなら何時間でも話せそうだ。

完全にテンションが上がってしまい、アーロンとの物理的な距離も近くなっていた。

「たしかに。長身であの身のこなしは素晴らしいですね、騎士とは筋肉のつき方が違うのでしょうか？　…………って、あ……」

それまで軽快に話をしていたアーロンが、いきなり身体を硬直させた。そしてアーロンの顔面が、みるみるうちに真っ青になっていく。

「エ、エミル様……そ、そういうことで、じゃあ私はこの辺で……」

「えっ……？」

……いきなり？

せっかく語り合える仲間ができたので、正直もっと話をしていたい。何か気に障るような発言でもしてしまっただろうか？

　ぽかんとする僕からじわじわと距離を取りながら、アーロンは小声で言った。

「で、殿下が……こちらをものすごい形相で見てます……」

「えぇ？」

　鍛錬《たんれん》場の中央に目を向けると、そこそこ距離はあるが、たしかにアルベルトがこちらを見ているのがわかった。睨みつけられている気さえする。

「あ、ほんとですね。すっかり話しこんじゃいました。もう終わったのかな？」

　今日の鍛錬《たんれん》が終わったので、早くこちらに来いということだったのかもしれない。

「すみません、アーロンさん。お付き合いいただいてありがとうございました。また良かったらお話ししましょう！」

　アーロンにそう言い、すぐにアルベルトのもとへと向かう。アーロンは、なぜか小刻みにぶるぶると震えていたけれど。

「アルベルト様！　お疲れさまでした！」

　アルベルトに駆け寄り、タオルを渡す。

「ありがとう」

　アルベルトは一言礼を言うと、タオルで汗を拭きながら髪をかき上げる。銀髪が日の光に照らされ、キラキラと輝いているように見えた。

「なあ、さっきのあいつ、前俺に話しかけてきた騎士の一人だろ？」

「………あっ、はい！」

気づかないうちに、ぼーっと見惚れてしまっていたらしい。反応が遅れてしまった。

「いつの間に仲良くなったんだ？」

「うーんと、仲良くなったと言いますか……」

アルベルトは眉間にしわを寄せ、不機嫌そうに呟く。彼との会話について、特に隠し立てすることもない。

「アルベルト様の剣術の素晴らしさについて、熱く語り合っておりました！　いつも素敵ですが、今日は一層カッコよかったので！」

きっと今の僕の目の輝きは、誰にも負けないだろう。アルベルトは不意をつかれたようで、驚きの表情を浮かべた。

「あ、ああ……そういうことか」

「短剣の扱い方も素晴らしいですよね！　今後もその武術をやっていったらいかがでしょう!?」

「………そうするよ」

先ほどの不機嫌さはどこへやら。アルベルトは顔を手で覆いながら目を伏せる。

――耳がほんのりと、赤く染まっていた。

＊＊＊

「衣装の準備に、当日の会場のセッティング……やっぱり結構やることあるなあ」

父である侍従長に呼び出されたあとの帰り道。僕は、とぼとぼと歩きながら、独り言を呟いていた。

アルベルトの鍛錬《たんれん》が終わり呼びつけ通りに父のもとへ行くと、すでに他の従者たちも集まっていた。しかし王宮きっての一大イベントにしては、人員が少ない。

当日参加するのは王族たちだが、神聖なイベントということで、同行する従者は選び抜かれた者しかいないからだそうだ。それでも、最高の舞台に仕上げなければならない。

ゲームでは祈りの儀式の開催日決定から前日までの様子は詳細に描かれていなかったので、その裏で僕たちのような人間が舞台を作り上げていたんだなと思うと感慨深いものがあった。

考えごとをしながら歩みを進めていくと、王宮庭園が見えてきた。

そろそろ日が沈み始める頃だ。庭園の噴水は、昼間とはまた違った雰囲気になる。思わず噴水に目を向けると、そこに人影が見えた。

「エミル様！」

人影は僕に向かって、手を振っている気がする。早歩きで近づいていくと、段々と姿がはっきりしてきた。

そこには、祈りの儀式の主役――マリアが佇《たたず》んでいた。

「マリア様……！　こんばんは」

「こんばんは、エミル様。ちょうど姿が見えましたので、思わず声をかけてしまいました」

マリアは微笑むがその表情には少し疲れが見える。いつも庭園を散歩しているのは、昼すぎのはずだが、こんな時間にここで何をしていたのだろうか？

僕が不思議に思っていると、マリアは遠慮がちに、僕に問いかけた。

「エミル様。もしよければ、少し散歩でもしませんか？」

「もちろんです。……あ」

反射的に答えてしまってから、「しまった」と思った。そういえば、アルベルトに「マリアと二人で会うな」と言われていたのだ。

申し訳ないと思いながらも、もう言ってしまったものは仕方ない。どちらにせよ聖女のお誘いを断るなんて、一介の従者である僕にはできそうになかった。

「大丈夫ですか？　お時間いただいて、ありがとうございます」

マリアはそう言って目を細める。いつも通りの優しい口調だが、やはりその声はどこか元気がない。

そうして僕たちは、夕日に照らされる庭園をゆっくりと歩き出した。

マリアは歩きながら僕をちらりと見て、おずおずと口を開く。

「……エミル様。あのあと、大丈夫でしたか？」

「あのあと……というと？」

彼女の言う「あのあと」がなんのことかわからず、すぐに聞き返す。

「す、すみません。以前、助けてくださった日のことです。私がアルベルト殿下とお話しさせてもらったあと、殿下に何か言われたりしませんでしたか？　少し殿下に踏みこみすぎたかなって、心配だったんです」

「え……？　いや、特に何も……」

説明を加えてくれたのにもかかわらず、マリアが何を心配しているのかはピンとこなかった。しかしマリアは胸を撫でおろしたようで、安堵の表情を浮かべた。

「ああ、良かったです。殿下が暴走して、エミル様に変なことをしてたらどうしようかと……！」

「変なこと？」

「い、いえ！　気にしないでください」

マリアは曖昧な言い方をしていたが、なんだか表情も徐々に明るくなってきたようで安心した。

「それにしても、マリア様ってよくこの庭園をお散歩されていると仰ってましたよね。お花、お好きなんですか？」

僕はふと、なんとなく気になっていたことを尋ねてみた。

マリアは足元の花々を、優しいまなざしで見つめながら答える。

「はい。お花も大好きですけど、植物全般が好きなんです。この庭園は珍しい植物ばかりで、毎日来ても飽きなくって」

マリアはそう言ってしゃがみこむ。

そしてこの庭園の中では控えめな、小ぶりな黄色い花にそっと触れた。

「例えばこのお花。見ていてもかわいいですけど、実はお薬にもできるんです。採取して天日干しにしてから煎じると、鎮痛の効果があります」

「えっ、そうなんですか⁉　すごいですね！　マリア様、お薬にも詳しいんですか？」

「実は、私のおじい様が薬師なんです」

マリアは顔を綻ばせ、懐かしむように言う。

「私、田舎の生まれなんですけどね。小さい村だったから医師はいなくて。その代わり、おじい様がいつも薬草を煎じていたんです。私もおじい様の家に入り浸って、採取についていったりしてました」

「なるほど、だから植物やお薬に詳しいんですね」

マリアは心から楽しそうに思い出を語る。きっとおじい様のことも、植物や薬のことも、本当に好きなんだろう。

「そうですね……もっといろいろな薬を作って、村の方たちやおじい様が喜ぶ顔が見たくて。毎日毎日おじい様の家の専門書を読み漁っては、自分でも煎じてみたりして。勉強するのも、すごく楽しかったんです」

「そうだったんですね。……村を離れてしまうのは、寂しくなかったですか？」

マリアは聖女としての能力が発現したせいで、ほぼ強制的に王宮に招かれている。故郷での楽しい思い出があるならより一層寂しかったのではないか、と心配になってしまった。

しかし、マリアの答えは意外なものだった。

「それが全然、寂しくなかったんですよ」

「……えっ？」

「私、将来は薬師になりたかったので、勉強に採取、それと薬を作っては村の人に配る毎日でした。もちろんおじい様は喜んでくれたし、たくさん助けてくれました。でも、私の両親はそうじゃなかった」

マリアは憂いを帯びた表情で語る。

「私の村では、女性は十五歳の頃までには婚約者を決めて、十六歳では結婚するんです。だから勉強なんか必要ない、薬師には絶対になれない……そんなことより早く婚約者を見つけなさいって、いつも言われてました」

「そんな……」

マリアは当時のことを思い返しているのだろうか。ほんの少しだけ、目が潤んでいるように見えた。

「でも、そんな時に聖女としての能力が発現したんです。しかも、治癒の能力ですよ！　これでもっとたくさんの人を救えるんだって、本当に嬉しかった。だから、王宮に来ることは全然苦じゃなかったんです」

そう言って立ち上がったマリアの姿を、夕日が優しく照らしていた。そして彼女は一呼吸置いて、輝かしい笑みを浮かべる。

「それに、治癒の力は私がいなければ使えないけれど、薬も一緒に渡してあげれば、その後の処置は、その人自身でできると思うんです！　だからこれまで私が学んできたことも、きっと活かすことができる」

僕はマリアの希望に満ちた表情に、目を見開いた。

僕はたしかに、前世で『ルナンシア物語』をプレイし、主人公マリアを操作していた。しかし、マリアにこんな過去があったなんて、まったく知らなかったのだ。

マリアの姿を見て、この世界で起こる一つひとつのイベントも、そこにいる人間たちも、実際に『生きている』んだと、改めて感じざるをえなかった。

「……本当に素敵だと思います。絶対に活かすことができますよ」

僕がそう伝えると、マリアは微笑み返してくれた。

しかし彼女が次に発した言葉は、突拍子もないものだった。

「……エミル様って、おじい様に似ているんですよね」

「えっ……？」

いきなりなんだ？　おじい様……？

「あ、もちろん外見とかではなくて。優しくてなんでも受け入れてくれそうなところとか、雰囲気が似ていて。だからつい、いろいろと話したくなっちゃう……って、これ私と同年代の男性に言うと失礼でしょうか!?」

マリアは話の後半から慌て出した。

いや、きっと褒められているんだろうから嬉しいです、多分。

「いえいえ。そんな風に言っていただいて、ありがとうございます」

「な、なんだかすみません……。まあ、さっきはあんなに偉そうなこと言ったんですけど、祈りすらうまくいかなくて、悩んでるんですけどね……」

マリアは思い出したかのように、がっくりと肩を落とした。『祈り』というのは、祈りの儀式で行うものを指しているのだろう。

「治癒の力とは、またやり方が違うのですか？」

「うーん……ちょっと使う力が違うと言いますか……。そもそも私、能力がまだ安定していないみたいで。うまくできる時とできない時の差が激しいんです。さっきまで練習をしていたのですが、全然うまくいってなくって……」

なるほど、だからこんな時間までここにいたのか。聖力も魔力も持たない、僕のような一般人にはわからない感覚なのだろう。

聞く限り、僕ではなんの力にもなれそうにない。だけどせめて、元気を出してもらえないだろうか……

——そういえば。僕は思い出したことを提案してみることにした。

「マリア様。祈りの儀式で忙しいと思うので、儀式が終わってからでもいいと思うのですが……」

「なんでしょう？」

「実は王都の近くに国が管理している『薬草の森』という場所がありまして。珍しい薬草にご興味があるようなので、良かったら今度お連れしましょうか？　気分転換にもいいのではないかと……」

「薬草の森!?」

僕の提案に、マリアはとてつもない勢いで食いついた。

「祈りの儀式のあととは言わず……い、今すぐにでもぜひ行きたいです!!」

「本当ですか！　興味を持っていただけたみたいで良かったです。それじゃあ後日スケジュールを合わせましょう！」

マリアは先ほどとは打って変わって、今にも飛び上がりそうな様子を見せた。

僕なんかの提案でも、少しは元気になってくれたようで良かった。

――薬草の森。

マリアを元気づけるため、とっさに言ったことではあるのだが……僕はせっかくなら、アルベルトも誘ったらどうだろう、なんて考えていた。

＊＊＊

アルベルトの部屋の前に着いた頃。

廊下の窓から見える外の景色は薄暗くなっており、日が暮れてしまっていた。

「ちょっと話しこみすぎたかな……」

もうすぐディナーの時間だが、まだ何も準備ができていない。僕はキッチンへ向かう前に、ひとまずアルベルトに戻ったことを伝えておこうと彼の執務室にやってきた。

部屋の扉をノックしようとした、ちょうどその時。がちゃりと、内側から鍵が開いた音がした。

「遅かったな」

僕の足音で気づいたのだろうか、アルベルトが扉越しに顔を覗かせた。

「す、すみません。思った以上にかかってしまいました。これからすぐにキッチンに行こうと思ってまして……」

「ディナーの準備はあとでいい。とりあえず、部屋に入ったらどうだ？」

アルベルトは、表情を変えず淡々と言い放った。しかしどこか苛立っているような様子に、思わず怖気づいてしまう。

「どうした？」

「あっ、いえ……」

立ち止まった僕を急かすように、アルベルトが入室を促す。僕はおずおずと部屋に入り、アルベルトと顔を見合わせた。

やっぱり、なんだか怒っているような気がする。僕はどう言葉を発したら良いかわからず、その場に立ち尽くしていた。

アルベルトはただ黙っている僕を見て、おもむろに口を開く。

「……祈りの儀式の準備は、大変なのか？」

意外にも、投げられたのは気遣うような言葉だった。

もしかして、僕の帰りが遅かったから心配してくれたのだろうか。

「そ、そうですね。でも今日で詳細はかなり決まったので、あとはアルベルト様の衣装の手配と、当日の準備くらいです」

「そうか。別に俺の衣装は、その辺のものでいいけどな」

「いや、そういうわけにはいきませんよ……！」

一度話し出すと、先ほどまでの険悪な雰囲気が薄れていった。僕も考えすぎだったかと、いつもの調子で話し始める。

「それにしても、儀式のことでこんなに遅くまで話してたのか？」

「いえ。儀式のことも長かったんですけど、そのあと、マリア様とお会いしまして」

「――マリア？」

彼女の名前を発した瞬間、空気が凍りついた。それは明らかに、アルベルトの地雷を踏んだ合図だった。

僕はなんとか取り繕おうと、必死に言葉を紡ぐ。

「あ、もちろん、偶然お会いしただけで……」

「それで聖女と話しこんでいたら、遅くなってしまったと？」

アルベルトの声が低くなっている。彼は額に手を当て、呆れたような様子で問いかけた。

「……で、何を話したんだ？」

「えっと……祈りの儀式の話とか、その……」

意図せず、口ごもってしまう。僕はこの時、マリアと薬草の森に行く約束をしていたことを思い出していた。それを言えば、さらにアルベルトの機嫌を損なうだろう。

しかし、行くことを隠すのはもっと駄目だ。アルベルトも誘えば、僕に他意がないことは伝わるはず。

僕は意を決して、恐る恐る口を開く。

「あ、あと実は、今度マリア様を薬草の森にご案内することになりまして。それで――」

アルベルトはその瞬間、大きく目を見開いた。

そして僕の言葉を遮るように、僕の両肩を強く掴んだ。

「えっ……？」

気がつくと、ブルーの瞳に吸いこまれそうなほどアルベルトの顔が至近距離にあった。そして両肩がじわじわと痛みを帯びてくる。

アルベルトは、振り絞るような声を発した。

「……エミル、お前から誘ったのか？」

「えっ？　……ええ。でも、これには経緯があって……」

初めて見るアルベルトの様子に、僕はうまく言葉を発することができない。

彼は両肩を掴んだまま、俯いていた。

「……なあ。ずっと、聞きたかったことがあるんだ」

アルベルトはそう呟くと、顔を上げ、僕と目を合わせた。彼の表情は、怒りと悲しみが入り混じったようだった。

そうして、掠《かす》れた声で言葉が続いた。

「お前、聖女のことが好きなのか？」

――一瞬、時が止まったような感覚がした。

な、何を言っているんだ……⁉

「ち、違います！　マリア様は良い人ですが、好きだとか……そんな風に思ったことなんか一度もありません！」

まさか、僕の行動がアルベルトにそう思わせていたなんて。

僕は必死に弁解するが、アルベルトの表情は依然として険しいままだ。

「本当か？　じゃあ、なんでそこまで聖女のことを気にする？」

「そ、それは……」

ゲームのシナリオ通りに進めるためだなんて、言えるわけがない。アルベルトに凄《すご》まれて、頭の中が真っ白になる。

動揺する僕を見て、アルベルトは両肩を掴んでいた手を解いた。

それに安堵したのもつかの間。アルベルトは僕の腰に右手を回すと、ぐっと僕の身体を自らのほうへ引き寄せた。

「え……？」

抱きしめられるような形になり、まったく理解が追いつかない。

そんな僕をよそに、アルベルトは囁《ささや》いた。

「誰かのものになるくらいなら――今すぐ、閉じこめてやりたい」

その声は恐ろしいほど重くて、暗い響きを持っていた。

閉じこめるって、一体……？

「あ、あのっ……アルベルト様……。それって、どういう」

僕は震える声で問いかける。

しかしアルベルトは何も答えず、僕の頬に左手を添えると、そのまま顔を寄せた。それはまるでキスをするような動作で。ゆっくりと、お互いの顔が近づいていく。

——待ってくれ。これじゃあ、本当に……

僕は混乱して、思わず後ろに下がろうとするが、腰を押さえられているせいで、それすらも許されない。心臓は破裂しそうなほどに脈打ち、全身の血液が今にも沸騰しそうだった。

僕はついに耐えきれなくなり、目を閉じた——

その時、コンコン、と大きな音が扉越しに響き渡った。

「えっ？」

その瞬間、まるで幻だったかのように、パッと身体が離された。

僕はその場に立ち尽くす。しかしアルベルトはすぐさま扉を開け、ノックをした人物と話し始めた。

「……なんだ？」

「あ、アルベルト殿下！　祈りの儀式の詳細が決まりましたので、案内状をお渡ししたく」

「ああ……」

どうやらその従者は、案内状を渡しに訪れたらしい。

なんというタイミングだ。助かった、と言っていいのだろうか？　というか、さっきのアレはなんだったんだ⁉

僕はいまだに暴れる心臓を抑えるように、ぎゅっと胸に手を当てた。

アルベルトは従者から案内状を受け取り、室内に戻ってきた。茫然とする僕を見て、気遣うように声をかける。

「……エミル、悪かった。肩、痛くないか？」

「えっ⁉　あ、はい！　だ、大丈夫です」

反射的に答えてしまったが、僕は先ほどの衝撃で頭がいっぱいで、彼に両肩を掴まれたことすら忘れていた。

「……良かった」

アルベルトは安堵した様子で呟き、ゆったりと椅子に腰かける。

そうしてはあ、とため息をつくと、重々しく声を発した。

「……エミル。ちょっと聞いてくれるか？」

アルベルトは言うまでもなく、先ほどから様子が変だった。何かあったのだろうかと、心配になってしまう。

僕は「もちろんです」と頷いて、向かい合わせの席に腰を下ろした。

「俺は多分……他の奴よりも、独占欲が強いんだと思う」

「……え？」

突然何を言い出すのだろう、というのが率直な感想だった。

「そ、そうなんですね？」

「ああ。だから、他の奴と話してたり、勝手に仲良くなってたり……そういうのを知ると、どうにかなってしまいそうになるんだ」

アルベルトは、あふれ出そうな感情を必死に押し殺しているように見えた。

他の人と話す、勝手に仲良くなる……それは間違いなく、マリアと僕のことだろう。そしてゲームや今までの行動を考えれば、その独占欲の対象は、一人しかいない。

「俺は自分の気持ちを伝えているわけでもないし、勝手なのはわかってる。でも、どうしても止められないんだ」

アルベルトの悲痛な声に、思わず胸が締めつけられた。

……きっとこれは、マリアに対しての想いなんだ。

だとしたら、先ほどの行動も、マリアと仲良くする僕に嫉妬した末の、脅しのようなものだったのかもしれない。

顔を近づけられ、「マリアにもう近づくな」と、言われる寸前だったとしたら？　まるでキスされそうだと思ってしまった自分が、なんだか無性に恥ずかしくなった。

「アルベルト様、そんなに強い想いをお持ちだなんて……」

「まあ、相手は絶対に気づいてないけどな」

僕はアルベルトとマリアの様子を思い浮かべる。たしかに状況としては、まだ馴れ初めイベントがあってすぐのことだ。マリアが意識していないのも仕方ない。

しかしアルベルトは、ゲームではもっと直接的に好意を伝えていたような気がする。僕ごときが口を挟んで良いものか迷ったが、どうしても言わずにはいられなかった。

「それなら、ご本人にお気持ちをお伝えになったらどうでしょうか？　言ってみたら、意外と意識してくれることもあるんじゃ……」

アルベルトは僕の言葉にぼそりと呟いた。

「そうだな……でも、まだ言えないんだ。——絶対に、俺から逃げられない状況を作るまでは」

その瞬間、アルベルトの声色が妖《あや》しい響きをまとった。さらにじっと見つめられ、ぞくっと背筋が震える。

「え？　それって、一体……」

「……ああ、いや？　まだ時期じゃないってことだけだよ」

僕の問いに、アルベルトははぐらかすように笑った。

「そ、そうなんですね……」

僕はそれ以上、何も言うことができなかった。

もし、マリアとイザクが結ばれるようなルートに入ってしまったら。

アルベルトは、そして僕を含めた周囲の人間は……一体どうなってしまうんだろう。彼の執着は、すでにゲームでのアルベルトを大きく超えているのに。

……想像しただけで身震いがしたので、一度思考を停止することにした。

僕が今の状況で、できることはただ一つ。

「アルベルト様。実はさっき言いかけたのですが……。薬草の森、アルベルト様も一緒に行きませんか？」

とにかく、アルベルトとマリアの接点を増やすこと。そうして、なんとか二人の仲を取り持つしかない。

——アルベルトは驚いた様子を見せたが、了承してくれた。

＊＊＊

「改めて、感謝申し上げます、エミル様。……それで、なぜアルベルト殿下もここにいらっしゃるのでしょうか？」

王宮から少し離れた場所にある、薬草の森。

国が管理しており、王族や一部の薬師などしか入ることが許されない場所だ。

その入口に到着した僕たちは、別の馬車から降りてきたマリアから、開口一番こう言われたのである。

「マリア様、申し訳ございません。事前にアルベルト様もいらっしゃること、お伝えしたほうが良かったですね。今日はアルベルト様のスケジュールが空いていたので、僕からお誘いしたんです」

マリアは対峙するアルベルトを一瞥《いちべつ》すると、輝く笑顔を向けた。

「そうだったのですね。友人と楽しく採取ができるとウキウキしていたら、殿下まで来てくださるなんて……とても光栄です！」

マリアは緊張しているのか、少し顔が引きつっているように見える。対してアルベルトは、ふっと微笑みを浮かべた。

「ありがとう。俺がいたらまずいかと思ったんだが、聖女様がそう言ってくれて安心したよ」

「まさかそんな。でも、殿下はお忙しいんじゃないですか？　ご無理なさらないでくださいね？」

「君こそ祈りの儀式の直前に、よく時間を作れたな。準備で疲れているだろうし、途中で帰りたくなったら、遠慮せず言ってくれ」

——あのアルベルトが、他人を気遣うような言葉をかけるなんて。

僕はあまりに珍しい光景に、思わず目を丸くする。

アルベルトは「自分の気持ちを伝えてない」「相手は絶対に気づいてない」なんて言っていた。しかし、この前の馴れ初めイベントのおかげだろうか、微笑み合う二人の間にはもはや最初の頃のよそよそしさはない。むしろ彼らの仲は、着実に縮まっているように思えた。

一枚の美しい絵画のような彼らを前に、僕はただぽつんと立ち尽くす。自分はやはり、ただの脇役でしかないのだと——ほんの少し、胸が痛んだ。

二人がそのまま結ばれるように、応援してあげたい。たしかにそう思っているはずなのに、なぜかそわそわして落ち着かない。

……僕は、どうしてしまったんだろう。

「アルベルト様、マリア様。そろそろ森に入りましょうか」

これ以上余計なことを考えたらいけない気がして、談笑する彼らに話しかけた。

薬草の森を警備する番人に声をかけ、マリア、僕、アルベルト、数人の護衛の順で森の中に入っていく。

薬草の森は、入ってすぐに珍しい植物があるわけではない。なんの変哲もない森の中を進んでいくと、細い石段がある。その石段を上りきった先に、珍しい薬草が広がる場所があるのだ。

先頭を行くマリアは石段を上り始め、僕たちもそれに続いていった。彼女はよっぽど期待が高まっているのだろう、この森に初めて来たというのに、軽やかな足取りでどんどん進んでいく。

その姿がなんだか微笑ましくて、思わず笑みがこぼれてしまった。

ほどなくして、マリアが一足早く、石段を上りきったのが見えた。

「なんて光景なの……！」

マリアは感嘆の声を漏らした。僕とアルベルトも続いて到着する。

目の前には、薬草の森の入口とはまったく異なる景色が広がっていた。

霧がかかった空気の中で、天を射貫《いぬ》くように立つ背の高い木々。地面には若々しい緑が生い茂り、色鮮やかな花々が咲き誇っている。まるで絵本の世界に飛びこんでしまったような幻想的な光景は、この場所が特別であることを感じさせた。

「美しい場所ですね……」

「そうだな……」

アルベルトもこの景色には心を動かされたらしく、柔らかい表情を浮かべている。

時を忘れ目の前の光景に見入っていると、マリアが視界から消えていることに気がついた。

「あれ……？　マリア様？」

さっきまでここにいたはずなのに。

周囲をキョロキョロと見回していると、奥のほうから声が聞こえてきた。

「これも、これも……！　どれも図鑑でしか見たことがない薬草ばっかり……！　これはなんて花かしら!?」

森の奥まった場所で、マリアはしゃがみこみ、ぶつぶつと呟きながら植物を見つめている。

片手には分厚い専門書を抱え、腕には採取カゴを通していた。専門書と採取カゴは入口で合流した時には持っていなかったが、護衛たちに預けていたのだろうか。

端から見ると、聖女というよりも研究者のようだ。

「……聖女は薬草が好きなのか？　あれは完全に自分の世界に入ってるぞ」

さすがのアルベルトも意外に思ったらしい。

たしかに、僕たちが話しかけたら邪魔になってしまいそうだ。

「マリア様は植物全般と、お薬にも興味があって詳しいそうですよ。僕たちは景色でも眺めながら、その辺りを歩きましょうか」

そう言い、僕たちは真剣に植物と向き合っているマリアを横目に、森の奥のほうへと進み始めた。

「それにしても、なんでこの場所だけ、珍しい薬草が生育しているんでしょう？」

美しい光景を目に焼きつけながら、アルベルトに話しかける。自ら薬草の森に誘っておきながら、僕はこの場所についてよく知らなかった。

「ここ一帯だけ、聖力が満ちているからだろうな」

アルベルトはなんてことないように答える。

「聖力ですか？」

「ああ。聖女が持っている治癒の力の根源になるものだな。どこか近くに『聖域』があって、そこから聖力が発生しているのかもしれない」

正直なところ聖力や聖域と言われても、ピンとこない。魔力や聖力を持っていない人間には、その力の気配を感じることができないからだ。

「やっぱりアルベルト様も強い魔力をお持ちだから、そういうのがわかるんですね」

「そうだな。特に闇魔法の魔力と聖力は相反する力だから、敏感に感じ取れるらしい」

「へぇー……」

なんかいいなあ、カッコいい。僕もせっかく転生したんだから、「強い力を感じる……」とか言ってみたかった。

僕がそんな中二病的な思考にふけっていると――アルベルトは突然、足を止めた。

「エミル。さっき言っていた聖域、早速見つけたみたいだぞ」

そう声をかけられ顔を上げると、目の前には神秘的な湖が広がっていた。

湖面には周囲の木々が映りこみ、湖の青と木々の緑のオーロラのような色彩に目を奪われる。まさに聖域という言葉がふさわしい、そんな場所だった。

「ここから周囲に聖力が行き渡っているのでしょうか？」

「おそらくそうだな」

「魔力がない僕でも、なんだか神聖な感じがします……」

「せっかくだから、ここで少し休んでいくか。聖女もどうせ、しばらくあっちにいるだろ」

ゆっくりこの景色を堪能したかった僕は、アルベルトの言葉に頷いた。

湖の近くの巨木の下に大きな布を敷き、二人でそこに座りこんだ。なんだか、アルベルトとピクニックにでも来ている気分だ。

「それにしても、聖力や魔力って本当に不思議な力ですよね……」

僕はぼーっと湖を眺めながら、アルベルトに話しかける。

このファンタジーな世界でも、王族や貴族の一部にしか魔法が使えないというのだから驚きだ。せっかくだから全員が使えるようにしてくれれば良かったのに。

「お前も使ってみたいのか？」

「まあ、憧れはありますよね。よく漫画やアニメで見るような感じで」

「マンガ……、アニメ……？　なんだそれ」

「あっ、いえ！　なんでもないです！　でも、強い魔力を持っているのって本当にごく一部ですよね。貴族の中でも、そもそも僕みたいに魔力がない人もいますから」

ついつい前世のノリで話してしまったことに気づき、話を逸らす。

アルベルトは一瞬首を傾げていたが、すぐに調子を戻した。

「歴史書では、突然変異で魔力を持った人間が現れて、そいつが魔法で一帯を制圧したことがこの国の起源とされているな」

「えっ、そうなんですか？　王国の歴史は勉強してたんですが、起源までは知らなかったです」

「歴史書と言っても神話みたいなもので、本当かどうかはわからないぞ」

アルベルトは湖を見ながら、あっさりと言った。

「でもそうだとしたら、国を統治してきた人たちの血が濃い貴族に、魔力持ちが多いのも納得ですね」

「ああ。魔力はごく一部の例外はあるが、血筋に大きく関わるしな」

――そう、魔力を持つかどうかはほとんど血筋によって決まる。

だからこそ、マリアのように血筋に関係なく突然発現するような力は、かなり稀少なのだ。

その時、ふと疑問が浮かぶ。

「……あれ。魔力はともかくとして、その属性って……？」

魔力の有無はほとんど血筋によるが、個人が持つ魔力の属性はどうなのだろう。闇属性のアルベルトは特別としても、火属性や水属性などのメジャーな属性も血筋によって決まるのだろうか？

「属性は個人差があるな。両親のどちらとも違う属性になることも多い」

アルベルトはぼそっと呟いた僕の疑問に、すぐに答えてくれた。

「あ、そうなんですね。たしか陛下は風属性で、王妃陛下は水属性でしたよね。それで、イザク殿下が……あれ？」

そういえば第一王子のイザクって、何属性だったんだっけ？

両親共に魔力持ちの王族だから、普通に考えれば魔力を持っているはず。でも、ずっと王宮にいる従者の僕でも、イザクが魔法を使っている姿が思い出せなかった。

「兄さんは『火』の属性だったな……一応」

アルベルトは含みのある言い方をした。

「一応？」

「ああ、そうか。お前も知らなかったか」

「……なんのことでしょう？」

アルベルトは僕をちらりと見て、深刻そうな表情で言った。

「兄さんは火属性の魔力を持っていたんだが……たしか兄さんが六歳くらいの頃だったか、いきなり魔法が使えなくなったんだ」

「えっ!?」

イザクとアルベルトは二歳違いの兄弟だ。イザクが六歳の頃ということは、アルベルトは当時四歳。当然僕も四歳なので、この出来事を知る由もない。

「魔力はあるはずなのに、魔法が使えない？」

「そう。前例がないことだったから、結局原因がわからずにそのまま様子を見ることになったんだ」

「じゃあイザク殿下は、今も魔法が使えない……？」

「そうだ」

　僕は思わず目を見開いた。

「驚きました……。このことを知っているのって、王宮でもそう多くはないんじゃ……」

「ああ。王宮でもほんの一握りの人間しか知らないし、意図的に隠してるんだ。このことが他の貴族や国民に知られれば、立場が危うくなるからな」

　……立場が危うくなる？

　アルベルトは首を傾げた僕に答えるように、話を続けた。

「魔力がそもそもないのか、魔力はあっても魔法が使えないのかの違いなんて、魔力がない貴族や国民にはわからないだろ？　だから魔法が使えない時点で、その出自を疑われる可能性があるんだ。王族で魔法が使えないなんてまずありえないからな」

　思い返してみると、ゲームでもイザクが魔法を使っている描写は、一度もなかった。

　その代わり、剣術や体術に優れた人物として描かれていた。しかしその理由が、まさか使わないのではなく『使えない』からだったとは。

　……イザクは昔から、実の弟であるアルベルトを異常なほどに嫌っていた。

　幼い頃に魔法が使えなくなった自分と、闇属性ながらも強力な魔法を使える弟。イザクがアルベルトを嫌っていたのは、弟がおぞましい闇属性を持っていたからではなく、弟に対しての嫉妬心からだったのかもしれない。

そう思い至った時、そばで地面を踏みしめる音が聞こえた。

とっさに音の鳴ったほうへ目を向けると、そこには困惑したような表情のマリアが立っていた。

「す、すみません。聞くつもりではなかったのですが……聞こえてしまいました」

マリアはよほど気まずいのか、視線を下げて落ち着かない様子を見せていた。

僕はそんな彼女に、そっと声をかける。

「マリア様。いえ、こちらこそ……僕たちが不用意に話をしたせいですから、お気になさらないでください。ただ先ほどの通り、ごく一部しか知らないことのようなので、口外しないようにだけお願いできればと……」

「もちろんです。でも、もしかしたら……いえ、なんでもありません。とにかく、口外しないことはお約束いたします」

マリアは一瞬何か言い淀んだが、すぐに真剣な表情で答えた。

「マリア様、ありがとうございます。ところで薬草の森はどうですか？　珍しい薬草は見つかりました？」

これ以上イザクの話題を続けるべきではないだろう。話を変える意味でも、僕はマリアに尋ねた。

その瞬間、マリアは先ほどとは打って変わって、目を輝かせた。

「それは……もう、最高です！　珍しい薬草もたくさんあって。これなら、貴重なお薬も作ることができます！」

ふと見ると、マリアが腕に通しているカゴの中には、葉や花、実、樹皮が丁寧に入れられていた。

「エミル様。こんなに素晴らしい場所に連れてきてくださって、本当にありがとうございます。……それに」

「それに？」

マリアは清々しい顔で湖を見つめた。

「ここに来てから、自分の聖力が安定したように思うんです」

「安定？」

「……なるほどな」

マリアの言葉を聞いて、アルベルトは納得したような様子を見せる。どうやら僕だけがわかっていないらしい。

「たしか、以前ちょっと不安定なところがあると仰ってましたよね。ここへ来て安定したというのは、どういうことでしょう？」

「この辺り、特にこの湖からとても純粋な聖力が発生しているんです。この聖力のおかげで身体が整ったような、そんな気がするんですよ。祈りも、うまくできそう……」

「本当ですか!?」

悩んでいたマリアを見ていただけに、僕としても非常に喜ばしい言葉だった。

「ええ。あの……エミル様、殿下。私が一人で盛り上がってしまって申し訳ないのですが、ちょっとここで祈りの練習をしてみてもよろしいでしょうか？　すぐに終わりますので！」

「もちろんです！　アルベルト様も、問題ないですよね？」

「ああ」

マリアは僕たちの承諾を聞き、ゆっくりと湖に近づいていった。湖の前で立ち止まると、胸の前で両手を組み、そっと目を閉じる。

マリアが小さな声で祈りの言葉を唱えると、彼女の全身からオレンジの温かな光があふれ出した。

……これが、聖女の祈り。見ているだけの僕も、なんだか全身が温かい光に包まれてぽかぽかし始めた。

しばらくしてマリアは目を開き、両手を下ろす。

そして僕たちに向けて、花が咲いたような笑みを浮かべた。

「やっぱり……！　これなら祈りもうまくできそうです！」

――これできっと、滞りなく祈りの儀式は行われるだろう。

僕は安堵しつつも、彼女がアルベルトとイザクのどちらを選ぶのかは……やはり気がかりだった。

＊＊＊

一週間後、祈りの儀式の当日。

ゲームの記憶の通り、真っ白で幻想的な雰囲気が漂う教会内部。祭壇の背後にあるステンドグラスから光が降りそそぎ、しんとした雰囲気に荘厳さを与えている。

僕は他の従者たちと共に、教会の入口のそばに控えていた。一方、王族たちは祭壇の前で序列順に並んでいる。

今日は通常のパーティーなどと異なり、アルベルトの隣にいられるわけではない。

僕の視界からは王族の後ろ姿とその向こうにある祭壇しか見えない。アルベルトの姿は確認できても表情まではわからないのが、もどかしかった。

――アルベルトは一体どんな気持ちで今日を迎えているのか。

彼は祈りの儀式自体に興味はなさそうだった。しかし、もしマリアから祈りの対象として、自分ではなく兄のイザクが選ばれたとしたら、それでも無関心でいられるのだろうか?

マリアがどちらを選ぶのか、正直僕には皆目見当がつかなかった。

それは、イザクとマリアの関係性が僕にはわからないから、というのが一番の理由だ。イザクがマリアに話しかけているという話を何度か聞いたことはあるが、どこまで関係性が深まっているのかがわからない。

しかし、アルベルトだって馴れ初めイベントから始まり、何度かマリアと話をしている。それに、この前薬草の森に行った時だって……アルベルトとマリアが二人で微笑みながら、話をしていた光景を思い出す。

もしかしたら、マリアがアルベルトを選んでくれる可能性は結構高いのではないか……

――コツ、コツと控えめな足音が教会に響く。

純白の修道服に身を包んだ聖女、マリアが入ってきたようだ。薬草の森で見たような、元気ではつらつとした印象とは異なる『聖女』としての彼女がそこにいた。

マリアはまっすぐに歩みを進め、祭壇の前に立った。

儀式の進行役の男は、準備が整ったことを確認し、言葉を発した。

「皆様、大変お待たせいたしました。それではこれより、祈りの儀式を行います」

僕はこの先の展開を、固唾《かたず》を呑んで見守る。

進行役の男が目配せをすると、マリアは落ち着いた口調で話し始めた。

「改めまして、皆様。私はマリアと申します。陛下をはじめ、高貴な方々にご列席いただきましたこと、感謝申し上げます」

マリアが恭《うやうや》しく頭を下げる。

王族といっても、普段王宮にはいない遠縁の者も参列している。聖女と会うのは、歓迎パーティー以来という人間もいるのだろう。マリアは、王族の視線を一身に浴びていた。

「それでは早速ですが、陛下……こちらへお越しいただけますか？」

まずは、国全体への祈りが始まる。陛下はゆったりとマリアの前に立った。

「聖女マリアよ……よろしく頼む。どうかこの国のために、祈りをささげてくれ」

「はい。お任せください、陛下」

マリアはそう言って微笑むと、陛下と向き合った状態で両手を組み、目を閉じた。それは薬草の森でも見せた祈りの姿勢であり、あの時の光景と重なった。

「聖女マリアの名において、祈りをささげます。ルナンシア王国に、永遠の繁栄と安寧が訪れますように……」

マリアが言葉を紡ぐと、陛下の身体がオレンジ色の光に包まれた。そして光は段々と周囲へ広がり、ひんやりとしていた教会全体の空気が、温かいものへと変わっていく。

薬草の森で見せた練習とはまったく違う。まるで、本当にこの国に永遠の繁栄と安寧が訪れるような、そんな思いにさせるほどに神聖な力だった。

「聖女マリアよ。君の祈りで、この国はさらに盤石《ばんじゃく》になっただろう。祈りをささげてくれて、心から感謝する」

「陛下からそのようなお言葉をいただけるなんて、この上なく光栄でございます」

祈りが終わり、陛下が感謝の言葉を口にする。マリアも晴れやかな表情をしていた。

きっと、本人としてもうまくいったのだろう。

薬草の森に、連れていって良かった。こんな僕でも多少なりとも力になれたのかと思うと、じんわりと温かな気持ちがこみ上げる。

僕はその温かさに包まれながら、マリアを見つめていた。しかしその気持ちはすぐに、緊張へと変わる。

「それでは僭越《せんえつ》ながらもう御一人。祈りをささげたいと思います」

――ついに来た。

いよいよ彼女が選択をする時が訪れたのだ。僕は祈りをささげるような気持ちで、マリアの言葉を待つ。

アルベルトか、イザクか。マリアはどっちを選ぶ……？

そしてマリアは、きっぱりと宣言した。

「イザク殿下。こちらへ、お越しいただけますか」

――目の前が真っ暗になる。マリアが選んだのは、イザクだった。

僕は思わず、アルベルトの後ろ姿に視線を向けた。

今、アルベルトはどんな表情で、どんな感情なんだろう？　隣にいられないのが、これほどまでにもどかしいなんて。

僕の嵐のようにかき乱された心情とは関係なく、厳かで神聖な儀式は進んでいく。指名されたイザクは前に出ると、マリアに向き合った。

「イザク殿下。あなたは間違いなく、この国を先導し支えていく人物となるでしょう。もしよろしければ、私から祈りをささげたいと思っております」

「あ、ああ……。私を指名してくれたこと、感謝する。どうか、お願いできるだろうか」

さすがに突然の指名に驚いたのだろう。

ゲームのシナリオとしては二択だが、本人たちにとっては多数の王族から選ばれたということになる。イザクの表情からは、王妃陛下やアルベルト、他の王族を押しのけて指名されたことへの驚きが見て取れる。

「では、イザク殿下。殿下の両手を前に出していただけますか？」

「わかった。こうか？」

「ええ、ありがとうございます。……お手に触れても、よろしいでしょうか？」

どうやら個人に対する祈りは、少しやり方が違うらしい。マリアは先ほどのように自分の両手を組むことはせず、イザクの手に触れた。

「イザク殿下に、祈りをささげます」

触れた箇所から、先ほどと同じくオレンジの光に包まれる。風が舞うように、イザクの金髪もそわそわと揺れた。

そのまま十分程度、経過したように思う。

「……終わりました」

個人への祈りと言っても、かなりの聖力や体力を消耗するのだろうか。マリアの額には、うっすらと汗が滲《にじ》んでいるように見えた。

二人はそっと手を離すと、なぜかイザクは目を泳がせて、マリアに話しかける。

「なあ、これって……」

「ふふ、お疲れさまでした。さあ、お戻りいただいて大丈夫ですよ」

マリアはイザクの様子を気にせず、天使のような微笑みを返した。

一方、祈りを受けたイザクは、かすかに困惑してるようだ。一体どういうことだろう？

多少疑問に思うも、そんなことよりアルベルトのことが気がかりだった。祈りの儀式が終わったら、すぐにアルベルトのもとに駆けつけよう。

あとは進行役の男が儀式の終了を告げるのを待つのみだった。


「アルベルト様！」

無事に儀式が終わり、他の従者たちと共に王族を見送ったあと。

アルベルトは廊下で僕を待っていてくれたらしく、彼の執務室への帰路で会った。主人の姿を見つけ、僕はすぐさま駆け寄った。

「もう仕事は終わったのか？」

「はい。もう今日は大丈夫です。すみません、待っていてくださったんですね」

僕はアルベルトの様子を窺《うかが》うが、いつも通り涼しげな表情だ。

「あの……、祈りの儀式、どうでしたか？」

恐る恐る聞いてみると、アルベルトは特に感情のこもっていない声色で答えた。

「まあ、聞いていた通りの儀式って感じだったな。……ああ、でも」

――でも？

「あの聖女、結構面白いことするよな」

「え……？」

どういうことですか、と聞きたかったのだが、アルベルトは自室に向かってすたすたと歩き始めてしまった。

「え、ちょっと、アルベルト様！　それってどういうことですか⁉」

「まあ、気が向いたら今度話してやるよ。もう儀式の話はいいから、ディナーの準備でもしよう」

「いや本当に何なんですか！　気になって仕方ないんですけど！」

アルベルトはあたふたする僕を見て、楽しそうに笑った。

彼の話は気になるが、どうやらイザクが選ばれたことに対して、特に気にしてはいないようだ。

僕はひとまず、安堵のため息をついた。

＊＊＊

祈りの儀式の数日後、僕はまたもや侍従長である父に呼び出されていた。

「お父様。祈りの儀式が終わってまだ日が経っていないですが……また何か催しでもあるのでしょうか？」

王宮の広々とした応接室で、父と向かい合う。

今日は僕以外に従者は誰もいなかった。

これでも父は侍従長として多忙な人だ。いくら息子といっても、二人きりで話す機会は多くない。

よっぽど大事なイベントでも控えているのだろうかと、身構えてしまっていた。

「いや、お前がアルベルト殿下にお仕えしていて、忙しいのは知っているんだが……すまないな。どうしても来てもらわなくてはならなかったんだ。そろそろいらっしゃると思うから、ちょっと待っててくれ」

……え、いらっしゃる？　誰かここに来るの？

そう内心で小首を傾げた時、室内にノックの音が響き渡った。

「いらっしゃったか。エミル、お迎えしよう。さあ立ってくれ」

僕たちがお迎えするべき人間——ということは同じ従者ではないことはたしかだ。

父が扉を開けると、そこには聖女マリアと、金髪碧眼で長身の男性——イザクが立っていた。

「えっ⁉　イザク殿下？」

思ってもみない人物の登場に動揺が隠せない。

急いで挨拶と礼をするが、頭の中は混乱したままだった。

わざわざ僕が呼びつけられたということは、この二人が僕と会わせてくれと、父に頼んだのだろう。

マリアはわかるとして、イザクには僕と話す理由がないだろう。

彼とは八年前、僕がイザクの従者に階段から突き飛ばされてから、直接話したことすらない。このタイミングで、なぜ僕に……

「エミル。こうして直接話すのはほとんど初めてだよな。ちょっと時間をもらっていいか？」

イザクは少し遠慮がちに話しかけてきた。その姿は、八年前とは随分違って見えた。

僕はマリアとイザクに促され、二人の正面のソファーに座る。

ただの従者である僕が第一王子と聖女と向かい合って話すなんて、普通だったらありえない。一体なんの用なのか気になって仕方がないが、僕から話を切り出すのも失礼にあたるだろう。イザクかマリア、どちらかが話を切り出してくれるのを待っていることにした。

僕は真正面に座るイザクを見る。イザクはどう話を切り出すべきか迷っているのだろうか、少し俯きながら考えこんでいる様子だ。

さすがにアルベルトと実の兄弟なだけあって、この人もかなりの美形である。

キラキラと輝く金髪、雲一つない空を映したようなブルーの瞳。長身の身体に、どちらかといえば細身だが、しっかりと筋肉がついている。

例えるなら、アルベルトが月のような美しさなら、イザクは太陽であり、アルベルトが冬のような冷たい印象なら、イザクは夏のような情熱的な印象を抱かせる。容貌は確実に似ているはずだが、正反対の雰囲気を持っているのだ。

——まあ僕はもちろん、アルベルトのほうが好きなのだが。

「エミル」

「……あっ、はい！　なんでしょうか殿下」

イザクの呼びかけに、はっと意識を戻す。

「今日、君の時間をもらったのは……実は、感謝を伝えたかったからなんだ」

「感謝……？　というと……？」

わけがわからない。言うまでもなく、感謝されるようなことをした覚えはまったくない。

イザクは少し緊張した面持ちで、言葉を発した。

「君の行動が、俺の病が治るきっかけになったんだ」

僕の行動？　しかも『俺の病』って……

「それは一体……どういう……？」

「君はもしかしたら知っているかもしれないが、俺は六歳の時に突然魔法が使えなくなったんだ。原因不明の病で、魔力はあっても体外に放出することができなくなっていた。当時どんなに有名な医師や魔術師に診てもらっても、治療法はないと言われたよ」

その話は、以前薬草の森でアルベルトが言っていた。

それと僕に、一体なんの関係があるというのだろうか。不思議に思い首を傾げる僕を見ながら、イザクはかすかに笑んで続ける。

「その病を、マリアが祈りの儀式で治してくれたんだ」

「祈りの儀式で……!?」

予想外の話に、目を丸くする。そして僕は、祈りの儀式の光景を思い返した。

たしかマリアはあの時、王国への祈りの手順とは異なり、イザクの手に直接触れていた。あれは祈りをささげていたのではなく、聖女としての治癒の力でイザクの病を治していた、ということなのか？

「マリアから聞いたんだ。君がマリアを励ますために薬草の森に連れていってくれたおかげで、聖女としての力が安定したんだってね。それで俺の病も治すことができたんだと。だからマリアにはもちろんだが、君にもお礼を言いたかったんだよ」

思わずマリアを見ると、彼女はそっと微笑みを浮かべた。

「私、薬草の森で、イザク殿下が魔法を使えなくなったことを聞いてしまったじゃないですか。その時から考えていたんです。もしかして能力が安定した今なら……殿下のことも治せるんじゃないかって」

「でも、なぜわざわざ祈りの儀式の最中に……？」

僕の問いに、マリアは真剣なまなざしで答えた。

「イザク殿下の病は意図的に隠されていたのでしょう？　私が殿下に謁見を申しこめば、必ず従者や護衛も複数名ついてきます。もしそんなところで治癒の能力を使ったら、殿下の病のことが広がってしまうかもしれないと思ったんです」

その言葉に、僕は何も言えなかった。沈黙する僕をよそに、マリアはさらに続ける。

「でも儀式の最中であれば、祈りと称して殿下に触れてもなんら不思議ではありません。だから、あの機会しかないと思って、イザク殿下を指名したんです」

「……そう、だったんですね」

なんとか返事をした僕の声は、思いのほか掠《かす》れていた。

僕がゲームのプレイヤーだった頃。祈りの儀式で誰を選ぶのかは、完全に僕の好みや気分でしかなかった。

しかし、目の前にいるマリアは違う。元々『人を救いたい』という思いが強い彼女のことだ。きっとイザクの病のことを聞いてから、誰を選ぶかは決まっていたに違いない。

そして、その決断を無意識に誘導したのは……間違いなく、僕の行動だった。

僕は混乱する頭を、なんとか整理しようと努める。一呼吸置きようやく落ち着いてから、改めてイザクのほうへ向き直った。

「イザク殿下。僕は殿下にお礼を言っていただくようなことは何もしていません。ですが殿下の病が治って、本当に良かったです」

イザクは僕の言葉に眉尻を下げながら、申し訳なさそうに口を開いた。

「ありがとう。実は君にもう一つ、言わなければいけないことがあるんだ」

……もう一つ？

僕は不思議に思いながら、イザクを見つめる。

するとイザクは突然、従者である僕に頭を下げた。

「今更でしかないが……八年前のこと、すまなかった」

「殿下!?　そんな、頭を上げてください！」

——衝撃的だった。

八年前と聞いて、思い浮かぶことは一つしかない。僕がイザクの従者に階段で突き飛ばされたことだろう。

しかし少なくとも八年前の彼は、従者に対して謝るような人ではなかった。尊大で傲慢で……ゲームでの『俺様系』のキャラクターのイメージと相違なかったのに。

この八年で、この人にも変化するきっかけがあったのだろうか？

「君はもうわかっていると思うが、あの時君に危害を加えるよう従者に指示したのは、俺だ」

「それは……存じていました。でも一体、なぜそんなことを？」

僕は長年の疑問を、ついに聞いてしまった。

イザクは昔を思い出すかのように目を伏せると、語り始めた。

「俺は、闇魔法を使えるからという理由で弟を嫌っていたわけじゃない。本当は……ただ怖かっただけなんだ」

イザクの絞り出すような声が、静かな部屋に響く。

「魔法も剣術も勉学も……すべてにおいて、あいつのほうが明らかに才能があった。だからもしアルベルトが周囲の人間に受け入れられる時が来たら、魔法も使えない俺は簡単に見限られてしまうだろう、と……」

僕は頭の中で、幼いイザクの姿を思い起こす。尊大で傲慢な態度は、すべてその不安を隠すための虚勢だったのかもしれない。

「俺は自分を守るために、アルベルトの周りに君のような味方が増えることを、防ぎたかったんだ。今思えば、なんて幼稚で酷いことをしたか……」

「もう随分昔のことですし、大丈夫です。僕のことは本当に気になさらないでください」

魔法が使えなくなったことへのショック。弟への劣等感や嫉妬心。そして、第一王子として生まれた自分が、見限られてしまうのではないかという不安。

そんな状況にある当時十二歳の少年が、弟を受け入れられず暴走してしまう気持ちはわからなくはなかった。だから本当に、僕のことはいいんだ。

だけど、僕はアルベルトの従者としてイザクに伝えたいことがあった。

「……イザク殿下。僕よりもアルベルト様のことをお話しさせてください」

僕はイザクをまっすぐ見つめながら、口を開いた。

「アルベルト様は幼い頃から、兄である殿下や周囲の方々から拒絶されて過ごしてきました。それは想像を絶するほど、つらいことだったと思います」

アルベルトのことを一番近くで見てきた僕だからこそ、言わずにはいられなかった。

出会った頃の、周囲に認められたくて努力を積み重ねていた彼を、今でも鮮明に思い出せる。

「何もアルベルト様に謝っていただきたいとか、仲直りをしてほしいとか、そういうことを言いたいわけじゃありません。きっとお互いそんな簡単に整理がつくご関係ではないのでしょう」

イザクは、僕の言葉をすべて受け止めるかのように静かに聞いていた。

そして僕は懇願するように、はっきりと告げる。

「だけど、どうか。当時のアルベルト様がどんなお気持ちだったのか——それだけは顧《かえり》みていただきたいのです」

僕の言葉に、イザクは目を見開いた。従者が王族にこんなことを言うなんて、前代未聞のことだ。

しかし、彼が不快に思った様子は一切なかった。

「……ああ。俺は自分のことしか頭になくて、弟の気持ちを考えようともしていなかった。本当に最低だったよ。君に言われて、改めてそう思う」

イザクはぽつぽつと、悲しげな表情で語る。

その姿を見て、僕は少し安心した。

きっとこの人は、しっかりとアルベルトの気持ちを顧《かえり》みてくれる。この先、アルベルトが理不尽に傷つけられるようなことはないだろう。

「僕のような者の言葉を聞き入れてくださって、ありがとうございます。イザク殿下」

僕は微笑みながらイザクと目を合わせると、彼も柔らかな笑みを返してくれた。

その場の緊張した空気が、少しだけ緩んだような気がした。

＊＊＊

先ほどの話も一段落し、僕と父は二人に紅茶とお菓子を用意していた。

従者である僕と話すためにわざわざ聖女と第一王子が来てくれたというのに、おもてなしの一つもしないとなれば大問題である。

「そういえば、今日はお二人でお越しいただきましたけど……普段からよくお二人でお話しされるんですか？」

僕はイザクとマリアの紅茶を淹《い》れながら、ずっと気になっていたことを尋ねてみる。

イザクとマリアの関係性。それが見えてこなければ、アルベルトとマリアの『恋のキューピッド』である僕としては、対策のしようがないからだ。

「そうですね。ありがたいことに、よく殿下がお食事やお茶のお誘いをしてくださって、お話しさせていただく機会は多いと思います」

マリアが笑顔で答えてくれる。どうやらイザクは頻繁にマリアを誘っているらしい。そういえば彼はマリアの歓迎パーティーで彼女に見惚れていたっけ。

「ああ。君と話しているとすごく楽しいから、つい頻繁に声をかけてしまうんだ」

イザクはマリアに向かってたいそう嬉しそうに言った。その表情は、きっとこの場にいたら誰もがわかるであろう。いわゆる『ベタ惚れ』というやつだった。

薄々わかってはいたことだが、イザクはマリアに惚れている。しかも、気になる程度ではなく、完全にだ。

——いや、ちょっと待てよ……？

その時、僕は気づいてはいけないことに、気づいてしまった。

祈りの儀式は、聖女マリアが誰を選ぶかによって攻略対象の好感度が大きく動くイベントだ。

僕は一旦、イザクの気持ちになって考えてみる。

おそらくイザクは、マリアを初めて見た時から惹かれていた。そして食事やお茶に誘い、一緒にいても楽しかった。さらには、長年悩まされ続けていた自分の病までも治してくれた。

ベタ惚れになるのもよくわかる。好感度はカンスト状態といっても過言ではない。

一方、マリアが祈りの儀式でイザクを選んだのは、僕の行動がきっかけになっている。僕がマリアを薬草の森に連れていったことで聖力が安定し、また、その時にイザクの病のことを知ったからだ。

そう、つまり。

——僕、イザクとマリアの恋のキューピッドになってない？

改めて振り返ると、間接的とはいえ、僕はアルベルトとマリアの馴れ初めイベントを微妙なものにしてしまい、今回はイザクのマリアに対する好感度をカンスト状態にまで上げてしまった。

もちろん結果としてイザクの病気も治ったし、行動自体は後悔してないんだけども……！

「エミル様。なんだか顔色が悪いように見えますが、大丈夫ですか……？」

血の気が引いた僕を見て、マリアとイザクが心配そうに見つめてくる。

「は、はい。なんでもないです……あはは……」

僕は自分のしでかしたことの重大さに、思わず声が震えた。

第四章　それぞれの分岐点

王宮の応接室。

僕はそこで、第一王子であるイザクと向かい合わせに座っていた。

どうやら彼はまた父にセッティングを頼んだらしい。父はイザクが来たことを確認すると、早々に出ていってしまった。

室内には僕とイザク、あとはイザク直属の護衛しかいない。護衛は僕たちの会話を意図的に聞かないようにしているのか、壁のそばでひっそりと佇《たたず》んでいる。何か重要な話でもあるのだろうか。

「また呼び出してすまないな。エミル。実は、折り入ってお願いがあって……」

「お、お願い？　……どのような内容でしょうか？」

イザクは真剣な表情で一呼吸置いた。

イザクから、アルベルトの専属従者へのお願い。それは一体……

僕も身構えて次の言葉を待つ。

「マリアへのプレゼントについて、アドバイスをくれないだろうか⁉」

「……はい？」

あまりに唐突な発言に、一瞬思考が停止した。

いや待て、もしかしたら大事な話なのかもしれない。とりあえず詳細を聞こうと、脱力しかけた身体を戻し、改めて尋ねることにする。

「プレゼントのアドバイス……と言いますと？」

「ああ。君も知っての通り、俺はマリアに病を治してもらっただろう。そのお礼がしたくて、何を渡すか考えていたんだ」

「……なるほど」

「で、渡すからには彼女が一番喜ぶものをプレゼントしたい。これでもいろいろと考えたんだ。でもどうもピンとこなくて……。というわけで、君に意見をもらいたいと思ったんだよ」

「えぇっと……」

治療のお礼としてプレゼントを渡したいのだが、迷っている。

そこまではわかった。

……けど、なぜわざわざ僕に聞く？

「殿下、内容は把握いたしました。ただ、僕では力不足かと……。殿下のほうがマリア様と頻繁にお会いになっているようですし、マリア様が喜びそうな品物を選べるのではないでしょうか？」

「うーん、それがなあ……」

イザクは困ったように眉尻を下げて首を傾げた。

「マリアは基本的に俺を立てようとしてくれて、自分の好みを主張することはないんだ。だから、マリアの好きなものとか、喜びそうなものがあんまり思い浮かばなくてな……」

マリアは元平民。片やイザクはこの国の第一王子。立場的にそうなるのもわかる気がする。格上の人に対して、聞かれてもいないのに自分の身の上話や好き嫌いをベラベラ話したりはしないだろう。もう少し関係性が深まってくれれば、そんなことはないのかもしれないが。

「そうなんですね……」

「だけど、君にはマリアも心を許している感じがするし、仲も良いだろう？　だから適任だと思って声をかけたんだ」

お礼にプレゼント、しかもできるだけ相手の喜ぶものをあげたい。めちゃくちゃ素敵じゃないか。僕もぜひ一緒に考えて、有益なアドバイスをしたい。

――これが、イザクでなければ。

そもそも僕は先日の祈りの儀式で、イザクとマリアの恋のキューピッドのような行動をしてしまっている。

イザクは完全にマリアに惚れているので、ここで何も考えずにアドバイスをして、マリアがイザクを好きになってしまったら……

二人の仲が深まるということは、アルベルトとマリアのハッピーエンドが遠のくということだ。これは文字通り、死活問題である。

僕は心を鬼にしなければいけない。

マリアは植物全般が好きで、特に薬草に関しては森に専門書を持参するほど興味を持っているとか……詳しいことは知ってるけど、そこは伏せながら、波風立てないようにこの話を終わらせよう。

「せっかくお声をかけていただいたのに、申し訳ございません。やはり僕もマリア様のお好きなものが思い浮かばず、お力になれそうにないのです」

「そうか……」

しゅん、としたイザクの様子に良心が痛む。それにしてもゲームの人物像との温度差に風邪を引いてしまいそうだ。

「ただ、相手の喜ぶものを差し上げたいという殿下のお気持ちそのものが、とても素敵だと思います。殿下から直接、マリア様のことをもっと知りたいと、いろいろと聞いてみても良いのではないでしょうか？」

「エミル……」

「その上で、マリア様のことを考え殿下自身がお選びになったものであれば、絶対にマリア様も喜びます。どんなプレゼントであっても、相手のことを考えて贈ったものであればその思いは伝わりますから」

さすがに第一王子からお願いをされて、何一つ有益なことを言わずに終えるのは良くない。そういった意味で、少しでも波風を立てないようにまとめたのが、今の言葉だった。

イザクはとても納得したようで、晴れやかな表情を浮かべた。

「たしかにそうだな。もっとマリアのことを知って自分なりに選んでみるよ。ありがとう、エミル。……あ、そういえば」

イザクはふと、思い出したように話し始める。

「先日、祈りの儀式の前に、薬草の森に行ったと言っていただろう。たしか君が連れていってくれたんだよな」

「は、はい」

「薬草の森での話は、そこにあった聖域のおかげで力が安定した、としか聞いていないが……マリアはなんだかやけに楽しそうに話してたんだよな」

「へ、へぇー……」

「もしかしたら、植物観察が好きなのかもしれないな」

……この人、意外と目聡いぞ。プレゼントも外さない気がしてきた。

イザクは顎に手を当て、ぼそりと呟く。

「それに、宝石やドレスにはあんまり興味なさそうなんだよな……」

「え、そうなんですか？」

これは僕も初耳だったので、単純に気になった。

「ああ。マリアが王宮に来た時に祝いとして国から宝石とドレスが贈られたんだ。でも『何もしてないのに、こんな高価なものいただけません』って断ってたな。結局、半ば無理やり渡す感じになってたんだよ」

「たしかに、マリア様はあまり華美な服装をされませんしね」

「実用的なもののほうが、いいのかもしれないな」

なんだかんだプレゼントの方向性が決まってきたところで、イザクは壁掛け時計をちらりと見た。

「……って、すまない。ついダラダラと話してしまった。あまり君の時間を拘束しても良くないな」

「とんでもございません、僕は大丈夫なのでお気になさらず。ただ、殿下の次のご予定もあるでしょうし、そろそろ戻られますか？」

「ああ。そうする。エミル、今日はありがとう」

イザクは改めて僕にお礼を伝えると、その場から去っていった。


僕は一人きりになった部屋で、そっとため息をついた。

あの様子からしても、やはりイザクはマリアに対してかなり本気のようだ。僕はイザクがアプローチしていると聞くたびに、憂鬱な気分になっていた。

それは個別ルートへ移行するイベント『王宮舞踏会』が迫ってきているからである。

陛下の誕生日に開催される王宮舞踏会は、この王国の恒例行事である。

舞踏会には、王族はもちろんのこと、貴族も国中から集まる。形としては陛下の誕生祭であるが、その実、貴族たちの重要な社交の場でもあるのだ。

女性たちはエスコート役であるパートナーの男性と共に行動することになる。既婚者なら夫、誰もいない場合は親族の独身男性に伴われる。

しかし既婚者でない女性のほとんどは、この王宮舞踏会を自分の婚約者もしくは婚約者候補をお披露目する場として利用していた。

国が開催する舞踏会にパートナーとして連れてくれれば、よっぽどのことがない限り、二人の仲を裂こうとする者はいなくなるからだ。

そしてマリアの場合、父が貴族ではないため、必然的にパートナーは婚約者候補の男性となる。

ゲームではイザクとアルベルトのどちらからも、マリアのパートナーになりたいと申し入れがあり、選択するという流れだった。そしてパートナーとしてどちらかを選んだ時点で共通ルートは終了し、選んだ相手との個別ルートへ進んでいく。

ここでマリアがイザクを選んでしまえば——僕としては最悪のエンドになってしまう。

というのも王宮舞踏会の当日、仲睦まじそうに踊るイザクとマリアを見て、アルベルトの感情が暴走するのだ。

そしてアルベルトは舞踏会の最中に闇魔法を使い、イザクとマリアを含めた会場内の貴族たちに怪我をさせてしまう。さらにその後、アルベルトはイザクに嫌がらせをし始め、従者もそれに荷担《かたん》し、最終的にどちらも処刑される。

ゲームと現状を照らし合わせれば、展開が異なっているところはあるものの、二人がパートナーの申し入れをする流れはあるはずだ。イザクはもちろん、アルベルトだって以前あれだけ独占欲が強い云々《うんぬん》言っていたし……。

となると、僕が絶対に確認しなければいけないのは。

——マリアの気持ち。

イザクのこと、アルベルトのこと。マリアは一体どう思っているのだろうか。もしくはどちらのことも意識していない可能性だってある。

もしマリアがイザクのことを好いていれば、ゲームで言うイザクルートになるだろう。ではそこからアルベルトルートに軌道修正できるかと言うと、さすがに難しい。ここまで積み重ねてきた人の気持ちを変えることなんてできないからだ。

その状況の中で脇役の僕にできることがあるとするなら、最悪を避けること。つまり、アルベルトの暴走を食い止め、処刑されるというバッドエンドを変えることだ。

マリアはイザクとアルベルトのどちらを好いているのか。もしくはどちらにも興味がないのか。彼女の気持ち次第で、僕のやるべきことは変わってくる。

「問題は、どのタイミングで聞くかだよなあ……」

応接室に僕の独り言が虚しく響く。

当然、王宮舞踏会の前に聞かなければいけない。

しかし内容が内容だけに、アルベルトがいる前では絶対に聞けない。だからといって僕が「マリアと二人で話したいので、出かけてきます！」なんて言ったら、アルベルトの怒りが爆発しそうだ。

つまり、アルベルトにバレずにこっそりとマリアに会いに行く必要があるのか……

マリアと会うタイミングを、頭の中で考えてみる。

アルベルトの鍛錬《たんれん》の際にこっそり抜け出すのは、以前に禁止されている。イベントを理由にマリアに会いに行くことも考えたが、そもそも王宮舞踏会は毎年の恒例行事ですでに人手も確保されているので、僕が準備に参加する必要がない。マリアからお父様伝いで呼びつけてもらえば先日のようにアルベルトなしで話せると思うが、そんな機会次にいつあるか……

――これ、もう奇跡的に僕が一人の時に会いに行くしかないのでは？

もはや最後の案は何も考えてないのと一緒だったが、時計を見るとそろそろ戻らなくてはならない時間だった。

ひとまず保留にして立ち上がり、戻る準備をする。

とにかく、ハッピーエンドが無理だとしても、バッドエンドは絶対に避けてみせる。

そう心に誓いながら。

＊＊＊

アルベルトの部屋に向かう。

到着すると、部屋の扉の前に見たことのある従者が立っていた。彼はちょうど扉をノックしようとしていたが、僕に気がつくと明るく声をかけてきた。

「あっ、ちょうど良いタイミングで！　エミル様、こちらアルベルト殿下へのお手紙となります」

記憶を辿《たど》り、たしか祈りの儀式の案内状を届けてくれた従者だと思い出す。彼はそう言うと、僕に封筒の束を渡してきた。

「しっかりとした身分の方からのお手紙ですので、ぜひお渡しください」

「手紙？　珍しいですね……ありがとうございます」

アルベルトは交流範囲が極端に狭いので、案内状などの文書以外で、手紙をもらうことはあまりない。思わず気になって、さっとその場で確認する。

封筒は、全部で五通だった。

一通目はシンプルなもので、普通に渡して大丈夫だろうと思えるものだった。しかし、その他の封筒が随分かわいらしく、ファンシーな封筒なのだ。

淡いピンクや黄色のもの、白地に花のイラストが描かれたもの……。中身が気になったが変なものも入っていなそうなので、とりあえず本人に渡すことにしよう。

「失礼いたします、アルベルト様。ただいま戻りました」

ノックをしてから扉を開け、ひっそりと声をかける。

アルベルトは何か作業しているようだ。机の上には地理書や書類が積み上がっている。

明らかに忙しそうな様子に、声をかけるのを躊躇してしまう。手紙の件はまたあとにするかと服のポケットに入れようとした時、アルベルトから声をかけられた。

「エミル。その手に持ってるものは手紙か？」

「あっ、そうなんです。……今、よろしいでしょうか？」

僕は封筒を手渡す。アルベルトは一番上にあったシンプルな封筒を机に置き、他の封筒を見て……顔を顰《しか》めた。

「なんだこれ？」

「アルベルト様もご存じないですか？　実は僕もよくわからなくて……」

「とりあえず開けてみるか」

アルベルトは封を開け始める。

ピンクの封筒からは、同じくピンクの便箋が一枚。

便箋にはびっしりと丁寧に文字が書かれていた。僕も好奇心で覗きこんで中身を確認する。そこには、アルベルトに初めて手紙を出したこと、差出人である自分は侯爵令嬢であることが綴《つづ》られていた。

そして、ある一文に目が釘付けになった。

『先日の聖女様の歓迎パーティーにて、わたくしはアルベルト殿下を一目見ただけで、強く惹かれてしまったのです。殿下にこんなことをお伝えするのは不躾《ぶしつけ》であると承知しておりますが、もしよろしければ今度の王宮舞踏会にて、パートナーとなっていただけないでしょうか？』

「これって……王宮舞踏会のパートナーの申し入れじゃないですか⁉」

思わず声を上げてしまった。

アルベルトは無言で、他の封筒も開けていく。

――結局、可愛らしい封筒は、差出人や言い回しは異なるものの、すべてアルベルトへのパートナーの申し入れであった。侯爵令嬢、伯爵令嬢……やんごとない貴族女性からのお誘いである。

「こんなことってあるんですね……」

男性貴族から女性貴族へはあると聞くが、逆は聞いたことがない。

さらに、アルベルトが闇属性を持っていることは貴族の間では有名なので、当然このご令嬢たちも知っているはず。

それでも一目見て惹かれてしまい、わざわざ申し入れをしてきたということだ。それほどまでにアルベルトが魅力的だったのだろう。

僕は黙ったままのアルベルトをちらりと見る。

……まあ、一目惚れしてしまうのもわかる気がするけど。

「エミル、このご令嬢たちに断りの返信をしておいてくれるか？」

ちょうどアルベルトと目が合い、手紙を手渡される。

「か、かしこまりました。今から代筆させていただきます。あ、あの……」

――やっぱり舞踏会にはマリア様を誘うんですよね？

そう続けようとしたが、アルベルトが再び小難しい書類と睨めっこし始めたので、言葉を引っこめる。

忙しそうな時に、そんなわかりきったことを聞くもんじゃないよな。

僕は室内にある自分専用の机につくと、早速代筆作業を始めた。

静まり返った部屋の中で、時計の秒針とペンを走らせる音だけが響いていた。

僕は丁寧に令嬢宛の手紙をしたためていくが、静かな場所だと無駄な思考を巡らせてしまう。

――アルベルトって、こっそり人気あるんだな……

考えてみれば、なんらおかしなことはない。

第二王子という文句なしの身分に、この美貌。ご令嬢たちがそこまで知っているかはわからないが、身体能力や頭脳だって並外れている。珍しい闇属性持ちだが、別に周りの王族が勝手に恐れているだけで、何か問題を起こしているわけでもない。むしろ「ミステリアスで素敵！」と思う人もいるかもしれない。

それに、この王宮舞踏会にパートナーとして誘うということは、『婚約者候補になってくれ』という意味がある。この国の成人年齢は十八歳で、二十歳までに結婚をする者が多い。

そしてアルベルトも、近い将来婚約者を決めて結婚することになるのだ。

僕は今までマリアとの仲を取り持つことしか頭になかった。しかしよく考えてみると、婚約者がマリアではなく、他の令嬢になる可能性だってゼロではない。

豪華な挙式で、国を挙げてこれ以上なく祝福されながら、アルベルトとまだ見ぬ令嬢が幸せそうに微笑む様子を想像する。

アルベルトが周囲から認められ、祝福される。僕がずっと望んでいたことだ。……それなのに、心にぽっかりと穴が空いてしまったような感覚がした。

――こんな気持ちになるのは、アルベルトの隣がマリアではないから？　それとも……

「エミル？　ぼーっとして、どうしたんだ？」

「あっ……」

アルベルトに声をかけられて、ようやく我に返る。書いている途中で手が止まり、手紙にインクが滲《にじ》んでしまっていた。

「す、すみません。ちょっと考えごとを……すぐに書き直します」

失敗してしまった手紙をくしゃっと丸める。これ以上考えてはいけない気がして、今度は無心で書き始めた。

＊＊＊

数日後。アルベルトの鍛錬《たんれん》の帰り、アルベルトと僕は二人で王宮庭園を歩いていた。

アルベルトは最近行っていた書類の作業がようやく終わったらしく、身体を動かしたいと言ってきたので、久方ぶりにしっかりと鍛錬《たんれん》をしたのである。

僕のほうはというと、あれから隙を見てマリアのもとに行こうと思っていたが、結局抜け出す時間がなかった。

王宮舞踏会はついに、一週間後と近づいてきている。

ゲームのマリアは王宮舞踏会の数日前にパートナーを決めていた。それを考慮すると、そろそろアルベルトやイザクがパートナーの申し入れをしてもおかしくない時期だ。

しかしここ数日忙しかったアルベルトは、僕が見ている範囲ではマリアに申し入れをした様子がない。

一方でイザクは、以前プレゼントを渡そうとしていたし、そのままの流れで申し入れをする……なんてこともあるだろう。

ようやく業務も一段落した今、アルベルトがどう動くのか。僕はずっと気になっていたことを確かめるため、隣にいるアルベルトに話しかけた。

「アルベルト様、王宮舞踏会ももうすぐですね」

「あぁ……そういえばそうだったな」

アルベルトは今まで忘れていたというように、気のない返事をした。

「その……今年はどなたかのパートナーとしてご参加になるのでしょうか？」

心なしか、遠慮がちな言い方になってしまった。

それを聞いたアルベルトは、少し意地の悪い笑みを浮かべた。

「たしかに、毎年お前と一緒だったもんな。……誰か連れてほしいか？」

「えっ!? いや、なんというか、アルベルト様も成人のご年齢になられたので、純粋に気になっただけですよ！」

アルベルトはあたふたする僕を横目に歩みを進め、庭園の小道を曲がった。

「そうだな……パートナーは——」

そう言いかけて、アルベルトは突然ぴたりと立ち止まった。

「ん？ アルベルト様、どうかしましたか？」

僕はアルベルトの視線の先を追う。

——そこには、庭園で優雅にお茶会を楽しむ、マリアとイザクがいた。

このタイミングで、まさか鉢合わせするなんて……

マリアとイザクもこちらに気がついたらしい。最初に言葉を発したのは、マリアだった。

「あら、エミル様！ ……と、アルベルト殿下。こんにちは、こんなところで偶然お会いするなんて」

「イザク殿下、マリア様。お会いできて光栄です」

とっさに二人に向かってお辞儀をする。

隣のアルベルトは、怖くて見られなかった。マリアとイザクが、二人でお茶をしているのだ。どんな表情をしているのかを想像するだけで、寒気がした。

「お二人がお話し中に遮ってしまって、申し訳ございません。では、僕たちはこれで……」

とにかく、この場から離れるのが吉だと思った。

僕はアルベルトと共に、二人のそばを通り過ぎようとしたのだが……

「アルベルト殿下、エミル様。せっかくお会いできたことですし、よろしければご一緒しませんか？　イザク殿下も、いかがでしょうか？」

「あ、ああ。俺は別に構わないが……」

マリアから地獄のような提案をされてしまった。イザクの顔が若干引きつっているのは、見間違いではないだろう。

きっと好きな人の提案を突っぱねたくないという気持ちで、了承したに違いない。

「あ、えっと……お誘いありがとうございます。ただ、今は部屋に戻る途中でして。アルベルト様、お時間いかがでしょう？」

アルベルトなら絶対に断ると思い、話を振ったのだが……

「まあ、少しなら」

僕はアルベルトの答えに、目を剥いた。

こうしてアルベルトの予想外の一言により、謎のお茶会が始まってしまったのである。


白い円卓の上に並べられたティーセット。

繊細で美しい花柄が描かれたカップを見つめながら、僕は肩身の狭さを感じていた。

先ほどアルベルトと僕が同席することを了承すると、すぐさまマリアの侍女たちが椅子とティーセットを用意してくれた。アルベルトはともかく、僕は立っていますと必死に伝えたのだが、半ば強制的に座らされてしまった。

元々が二人用のテーブルであるからか、四人が座ると距離も近い。

このメンバーで一体どんなことを話すのだろうか……

そもそも話をするのだろうか……

そう思っていたが、一番に口を開いたのは、意外なことにアルベルトだった。

「兄さん。こうして直接お会いするのは久々ですよね。お元気でしたか？」

「あ、ああ……変わりないよ。ありがとう」

まさかいきなり自分が話しかけられると思っていなかったのか、イザクは驚いた様子を見せる。

元々あまり仲良くないのはわかっているが、やはりぎこちなかった。イザクがアルベルトに対して怯えているようにも見える。八年前とは随分違う光景に、思わず首を傾げた。

「マリア嬢も先日の祈りの儀式が成功したようで。まさかあの場をうまく使うなんて、俺も驚いたよ」

　アルベルトは薄い笑みを浮かべながら、今度はマリアに話しかけた。

　――うまく使う？

　もしかして、マリアがこっそりイザクの病を治したことを言っているのだろうか。アルベルトは知らないはずだが、儀式中に気がついていたのかもしれない。

　マリアは落ち着いた口調で答える。

「ああ、アルベルト殿下はわかっていらっしゃったのですね、さすがです。殿下とエミル様が私を薬草の森に連れていってくださったおかげですよ」

「たしか、あの時に聖力が安定したと言っていたな」

「仰る通りです。ですので、前よりもできることが増えたんですよ。例えば――」

　マリアはそこで一度言葉を切って、満面の笑みを浮かべた。

「誰かから不本意に魔法をかけられた人に対して、私がその魔法を解除するとか」

　一瞬だけ、アルベルトの眉がピクリと上がった。

「なんだ、もうできるようになったのか、思ったより早かったな。それでその魔法の解除とやらは、もうやったのか？」

「ええ。宮中でそのような方が何人かいらっしゃいましてね。すでに解除させていただきました」

「そうか」

「ふふ、こうしてお話しする機会があって良かったです。このことはアルベルト殿下に一番にお話しなくてはと思っていましたから」

後半のほうの会話は、僕とイザクは蚊帳《かや》の外にされてしまっていて、アルベルトとマリアだけがわかっているような雰囲気だった。

やっぱり、僕の知らないうちに二人の仲は近づいているのではないか。二人だけにしかわからない、秘密の話がたくさんあるのかもしれない。

そう思い至ったところで、胸が締めつけられるような感覚がして息苦しくなり、胸を押さえた。

――最近の僕はおかしい。

マリアとアルベルトが話しているのだ、僕にとってもいいことじゃないか。それなのに、なんだこの感覚は。

まるで、アルベルトがどこか遠くに行ってしまうような……

「エミル？」

その時、ふと隣から小声で話しかけられた。

声をかけたのは、僕を不思議そうに見つめるイザクだった。

アルベルトとマリアはまだ何やら二人で話している。イザクは僕に身を寄せ耳打ちしてきた。

「あの二人って、前からあんな感じだったのか？」

僕もそれに対してひそひそと答える。

「そ、そうですね。たまにああやって、お二人でお話しされてますよ」

「そうなのか。しかしあの二人、険悪すぎないか……？　君はこの雰囲気の中でよく平気だな」

「け、険悪？」

僕がぽかんとしていると、イザクは眉間にしわを寄せた。

「もしかして、あんまりわかってないのか？　俺はすぐにでもここから去りたいくらいなんだが」

「兄さん。いつからエミルと仲良くなったんですか？」

突如、アルベルトの刺すような声が響き、僕もイザクもびくりとしてしまう。

「い、いや。このあとの予定について少し聞いていただけさ。長居させるのも申し訳ないだろ？」

イザクは若干焦りながら取り繕う。

アルベルトは「そうですか」とは言うものの、依然として兄に冷たい視線を向けていた。

そこからは再び四人でとりとめのない話をしながら、紅茶とお菓子を味わった。

最初はぎこちなかったものの、マリアが積極的に話を回してくれるおかげで、最終的にはそこまで気まずい雰囲気にはならずに済んだ。

そしてカップやポットの中身も空になった頃、突然、一人の従者が声をかけてきた。

「イザク殿下、アルベルト殿下、マリア様。突然お邪魔してしまい申し訳ございません。……実は、陛下がアルベルト殿下をお呼びでして……」

——陛下が、アルベルトに？

イザクならまだしも、アルベルトを呼びつけるなんてほとんど聞いたことがない。一体なんの用なのかと不思議に思っていると、アルベルトはなんてことないように言った。

「わかった。今行く」

さっさと支度するアルベルトを見て、僕はその従者に対し問いかけた。

「僕もお供させていただくことは可能でしょうか？」

「申し訳ございません。陛下からはアルベルト殿下だけをお連れするよう仰せつかっておりまして。殿下には私がお供いたしますので、ご安心ください」

そう言われるとどうしようもなくて、僕は仕方なくその場に残ることにした。

アルベルトはイザクとマリアに一言伝えると、すぐに従者と共に行ってしまう。

……なんか最近、僕が知らないことが多くなってきたな。

僕は身の程知らずにも寂しさを感じながら、アルベルトの背中を見送った。

アルベルトが去ったあと、お茶会もお開きにしようと、マリアとイザクの従者たちが支度を始めた。イザクはアルベルトを見送っていた僕に近づくと、先ほどのように小声で話しかけてきた。

「エミル。ちょっといいか？」

「イザク殿下。もちろんです、なんでしょう？」

「その……この前はアドバイスしてくれて助かったよ」

「この前……？　ああ！　プレゼントの件ですね。いえ、僕は特にお力になれませんでしたから」

「そんなことないさ。君のアドバイスを参考にして、彼女のことをもっと知ろうと話してみたんだ。それで、この前プレゼントを渡して……とても喜んでくれたんだよ」

イザクは、心の底から嬉しそうに笑った。

「そ、そうなんですね！　それは良かったです」

「ああ。君のおかげだよ」

僕は喜んでいいのか……複雑な気持ちになったが、とりあえず感謝されることに悪い気はしなかった。

「殿下。ご準備ができました」

イザクの従者から声をかけられる。準備ができたようでイザクが先に戻ることになった。彼は僕たちに「じゃあ、またな」と爽やかに言うと、従者たちを引き連れて帰っていく。

そして残ったのは、僕とマリアだった。このままいけば、マリアもすぐに戻ってしまうだろう。

その時ふと、僕は思い立った。

アルベルトがおらず、僕とマリアの二人で話せる状況。

――今しかない。

ずっと考えていた、マリアの気持ちを確認するタイミングが……ついに訪れたのだ。

「マリア様。このあと、お時間ありますか？　実は折り入ってマリア様に伺いたいことがあるのです」

僕は隣にいるマリアと目を合わせ、改まった。

「……私に？　もちろん大丈夫ですよ」

マリアは真剣な僕の表情に驚いていた様子だったが、快く承諾してくれた。

「マリア様、ありがとうございます……！」

「とんでもないです、エミル様のお願いですから。それでは、外だとそろそろ肌寒くなってきますし、室内でお話ししませんか？　私がご案内しますので」

マリアはそう言って、柔らかな笑みを浮かべた。

たしかに、外よりも落ち着いた場所で話をしたほうが良いだろう。僕は大きく頷き、マリアの提案をありがたく受け入れることにした。

「さあ、こちらの部屋です」

僕たちは王宮内に入り、マリアの案内でとある部屋に向かった。てっきり応接室に通されるかと思ったが、そうではないようだ。

僕はその部屋の前に着いたところで、小首を傾げた。

——たしかこの部屋は、空き部屋だったような……？

僕の不思議に思う様子から察したようで、マリアは説明をしてくれた。

「すみません。この部屋、応接室ではないんですが……誰も来ないし、落ち着いて話せるかなと思って」

「あ、いえいえ。僕はもちろんどこでも大丈夫です。ただ、この部屋って使ってたかなと思って、思い返していたんです」

「さすがエミル様ですね。お部屋の詳細も把握されてらっしゃるなんて。実は、最近空き部屋ではなくなったんですよ！　さあ、どうぞ入ってください」

マリアは心なしか嬉しそうに、ドアノブに手をかけ、扉を開けた。

「えっ⁉」

内装が視界に入った瞬間、僕は驚きを隠せなかった。室内は僕が想像していたものとはまったく異なっていたからだ。

まず見えたのは、所狭しと置かれた棚。そこにはカラフルな液体を詰めた容器が丁寧に並べられていた。視線を移すと大きな本棚もあり、たくさんの分厚い書物が圧倒的な存在感を放っている。手前の細長い机の上には、採取カゴに入った薬草が置かれていた。

「マリア様。これって……」

「実はここ、私専用の研究部屋なんですよ！」

マリアが薬に詳しいのは知っている。たしかに王宮内に研究部屋があれば、有効に使えそうだ。でもマリアが自ら「研究部屋を作ってくれ」と要望する姿は想像できなかった。では、なぜこんな部屋が突然できたのか？

考えを巡らせていると、ふとある可能性を思いついた。

「もしかしてこの部屋って、イザク殿下の『プレゼント』……ですか？」

「な、なんで知っているんですか⁉」

――当たりだった。

僕がイザクから相談を受けていたと知らないマリアは、心底驚いたようだった。

「い、いやあ。実はイザク殿下から、マリア様に治療のお礼にプレゼントを渡したと伺っていたものですから。この部屋がプレゼントだったのかな、なんて」

「その通りです！　この部屋、イザク殿下がすべて手配してくださって……」

さすがにプレゼントの中身の相談を受けていたことは伏せておく。

それにしても、たしかに『マリアが好きなもの』かつ『実用的』なプレゼントだ。彼女から薬師を目指していたことを聞いて、イザクなりに考えたに違いない。

マリアの様子を見ていると、随分この部屋を気に入っているように見える。プレゼントは大成功と言えるだろう。

「す、すみません。私の話ばかりしてしまって……。さあエミル様、こちらにお座りください」

マリアが話を戻し、僕を部屋の奥へと促す。

細長い研究用の机の他に、対面で話ができるようなテーブルと椅子も用意されている。僕はお言葉に甘えてその椅子に腰かけた。

「それで、お話とはなんでしょう？」

マリアが穏やかな口調で言う。

僕は正面に座るマリアと目を合わせ、緊張してカラカラになった喉から、声を振り絞った。

……聞くなら今しかない。

「マリア様。失礼を承知でお尋ねいたします。今度の王宮舞踏会、誰をパートナーになさるか、もう決めていらっしゃいますか？」

マリアは僕の質問に目を丸くした。なぜただの従者である僕がこんなことを聞いてくるのか、疑問に思っているだろう。

もしかしたら答えてくれないかもと思ったが、彼女はゆっくりと口を開いた。

「なぜ、そのようなことを気になさっているかはわかりかねますが……。エミル様なのでご質問にお答えします。私は――」

アルベルトか、イザクか、それともどちらも選ばないのか。

次の言葉を待っている時間が、これ以上ないほどに長く感じた。

「――イザク殿下に、パートナーとしてご同行いただくつもりです」

彼女の言葉に、僕は一瞬、固まってしまった。

「そ、そうですか……イザク殿下と……」

なんとか発した声は、掠《かす》れてしまった。

ゲームのシナリオを考えるなら、きっとこれは僕にとって最悪のパターンなんだろう。

「はい。実はイザク殿下から先日、パートナーの申し入れをいただいたんです。最初は迷っていましたが、お受けしようと思っています。たしか王宮舞踏会のパートナーは婚約者に近い扱いになると伺ったんですけど……」

マリアは、ぽつぽつと語る。婚約者に近い扱いになるのであれば、生半可な気持ちで選ぶことはできないだろう。

「他の方からも、申し入れはあったのですか？」

「ええ。お会いしたことのある貴族の方から、何人か。でも皆さん、聖女だからとか、外見が好みだったからとか、そんな話ばっかりだったんです」

僕の問いかけに、マリアは俯き呆れたように笑う。

しかし、ふと顔を上げ……優しいまなざしで言葉を続けた。

「だけど、イザク殿下は違っていたんです。お会いした当初から、私の話を聞こうとしてくださいました。それにきっとこの部屋だって、たくさん考えて手配してくださったんだと思います」

マリアの言葉に、本気で悩んでいたイザクの姿が僕の脳裏を過《よぎ》った。

「正直、結婚などはまだ考えられません。でも私、イザク殿下のことをこれからもっと知りたいって思ったんです。だから今回のお話も、お受けすることにしました」

「……そうだったんですね」

マリアの真剣な言葉に、僕はもう何も言うことができなかった。

きっとこれは、絶対に覆らない。それに、イザクとマリアはきっと良い関係性を築けるだろうと感じた。

「それにしても、エミル様はどうして私にこのようなことを……？」

マリアは不思議そうに、僕に問いかけた。

「それは、えっと……アルベルト様から今度の王宮舞踏会のパートナーについて何も教えていただけてなくて……」

僕はとっさに、苦し紛れの言い訳をした。

マリアは僕の言い訳を聞いて、より疑問が深まってしまったようだった。

「アルベルト殿下、ですか？　殿下のパートナーと私に一体どのような関係が……？」

「えっ？　いやアルベルト様がマリア様にパートナーの申し入れをなさるんじゃないかと思ってまして……」

マリアはその瞬間、あからさまに顔を顰《しか》めた。

「アルベルト殿下が、私に!?　そんなことありえないですよ！」

強めの否定に、思わずぽかんとしてしまう。マリアも思ったより大きな声が出てしまったのか、少し恥ずかしそうに、こほんと咳をした。

「す、すみません。ちょっとありえなさすぎて、びっくりしてしまいまして……」

「い、いえいえ。もしかしたら、僕の知らない間にすでにアルベルト様は、マリア様に申し入れをしたのかなと思っていたんです」

僕は状況を確認するため、説明を付け加える。しかしマリアは、聞けば聞くほど理解できないといった様子だった。

「でもまだしていないのなら、舞踏会までには申し入れされるかもしれません。もちろんマリア様は、イザク殿下と参加されるということですから、お断りになるとは思うんですけど……」

「いやいや。もちろん今までもされていませんし、これからも絶対にありませんよ……？」

僕たちは顔を見合わせた。お互い、明らかに噛み合っていないことだけはわかる。

少しの沈黙のあと、マリアは恐る恐るといった様子で再度口を開いた。

「あの……もしかしてエミル様は、アルベルト殿下が私に気があると思っていらっしゃいます？」

――僕はその問いかけに、ゆっくりと頷く。

するとマリアはため息を漏らし、遠い目をして言った。

「なるほど、そういうことですか……。私、初めてアルベルト殿下に同情したかもしれません」

「えっ？」

マリアは僕に言い聞かせるように、はっきりと告げた。

「いいですかエミル様。アルベルト殿下は私に対して、これっぽっちも恋愛感情なんてありません。断言します。もちろん私も、殿下に対して一切そんな感情は持っていません」

そう言い切られ、頭が混乱してくる。

――本当に？

だとしたら、ゲームと違いすぎないだろうか。

もちろん、マリアがアルベルトの気持ちに気づいていないという可能性はある。しかしそれにしても、こんなに否定するか……？

「信じられないのであれば、もし万が一私にアルベルト殿下からパートナーの申し入れがあれば、エミル様にすぐにお伝えさせていただきます。まあ、ありえないことなんですが……。それでいかがですか？」

「わ、わかりました。それでお願いします……」

マリアの鋭いまなざしに、僕は首を縦に振って言った。

たしかに、伝えてくれるのであれば事前に対応がしやすいだろう。

マリアは僕の返答を聞いて、安心したように微笑んだ。

「エミル様の疑問が解消されたようで何よりです。……こんな感じだからアルベルト殿下もあそこまでこじらせたのかしら……」

そうしてマリアはぶつぶつと呟いた。


本題が終わり、僕とマリアの間には穏やかな雰囲気が流れていた。

なんとなしに研究部屋を見回していると、マリアから声をかけられる。

「まだお時間があれば、少し部屋を見て行かれますか？」

「え、いいんですか？」

室内にはガラスの容器に入ったカラフルな液体やアロマのようなものがたくさん置かれていて、目を惹くものばかりだった。

アルベルトは陛下とお話をしている最中だし、まだ大丈夫だろう。お言葉に甘えて、マリアに部屋の中にあるものを解説してもらうことにした。

「この棚にある薬は、薬草の森で採取した植物から作ったんですよ！」

マリアに言われて棚を見ると、すでに瓶詰めされたものがいくつか並べられていた。

「これは風邪薬で、あとそこにあるのが鎮痛薬ですね。一般的なお薬ですけど、薬草の森にある植物を使って作ると効果が高いんです。あ、あとこの傷薬は騎士の方々に配ったら、すごく好評だったんですよ」

マリアは楽しそうに解説をしてくれる。

みんなを救えるような薬を作れるなんて、マリアは本当にすごい人だと感じる。きっと今まで得てきた知識や積み重ねた努力が、この小さい瓶に詰まっているんだろう。

「素晴らしいですね。マリア様が作るお薬は、きっと多くの人々を救いますよ」

「いえ、まだまだです……。でもそうなれるように、これからも頑張ります」

僕たちは穏やかに笑い合う。

他の棚にも目を向けると、視界の端にきらりと輝く何かが映った。

輝きの先に視線を移すと、そこには箱に入ったネックレスがあった。ネックレスには大振りな赤い宝石がはまっている。僕はその美しさに、思わず目を奪われてしまった。

「それは私が王宮に入った時に、贈られたものなんですよ」

宝石に見惚れている僕に気がついたのか、マリアが声をかける。

王宮に入った時に贈られたもの……たしか前にイザクも言っていたっけ。

マリアは本当に宝石などには興味がないらしく、このネックレスも使われた形跡がなかった。大きくギラギラとした宝石は、たしかにマリアのイメージとは違うかもしれない。

「すみません、つい綺麗だなって思って、気になってしまいました」

「全然構いませんよ。エミル様は宝石がお好きなんですか？」

「はは……実はそうなんです。昔からキラキラしたものに目がなくて。宝石だと、こういった赤いものも良いんですが、特に白っぽい色とか青色が好きで。まあ僕はそもそも宝石を身に着ける機会がないんですけどね」

好きなもののことを聞かれ、つい饒舌《じょうぜつ》に話してしまった自分に気がついて、少し気恥ずかしくなった。

しかしマリアは案外ノリノリで話に乗ってくれる。

「いいですね！　白や青なら、エミル様に似合いそうです！　たしかに従者の方だとあまり派手な服装はできないのかもしれないですけど……ちょっと着けるくらいならわからないのでは？」

「たしかにそうかもしれませんが、侍従長の父にバレたらとんでもなく叱られそうです」

「うーん、難しいですねえ……」

それからもこのような調子で話しながら、一通り研究部屋を見せてもらった。

そして、あっという間に時間が経過し、そろそろお開きにしようという話になった。

「マリア様。本当にありがとうございました」

「いえいえ、何かあればいつでもお越しくださいね」

マリアはこのまま研究部屋に残るという。わけのわからない質問にも答えてくれたマリアに感謝して、僕は研究部屋をあとにした。


研究部屋の扉がパタン、と閉まった時、僕は思わず脱力してしまった。

最後こそ楽しい雑談だったが、マリアに本題を聞く時は本当に緊張したものだ。

そして、マリアの言葉――イザクをパートナーにするつもりだということ――を思い返した。

これで、ゲームでいうところのイザクルートが確定することになる。とはいえマリアの言うように、本当にアルベルトがマリアに興味がないなら、イザクルートであっても暴走のしようがないのだから、なんの問題もない。

けれども、あのゲームでバッドエンドを何度も見させられた僕には、マリアの言葉だけで信じきることはできなかった。

最悪を想定しておいて悪いことはないはず。もし王宮舞踏会で、アルベルトが暴走してしまった場合は、この身を挺してなんとしてでも食い止める。ゲームと違ってアルベルトとの信頼関係は築けているので、僕が止めれば最悪の事態は免れるかもしれない。

「よし、やることは決まったぞ……」

——そう、やることは決まった。これで無駄なことは、何も考えなくていい。

マリアとアルベルトの恋のキューピッドにはなれなかったかもしれないが、バッドエンドを回避することはまだできるはず。

僕は何度も、何度も、そうやって自分に言い聞かせるように反芻する。

本来なら、それだけでいいはずなんだ。

でも、目を背けたいこと、考えないようにしていたことが、ずるずると引っ張り出されていく。

まずい、と思った時にはもう遅かった。僕は完全に思い出してしまったのだ。

『イザク殿下に、パートナーとしてご同行いただくつもりです』

マリアからその言葉を聞いた時、僕の心に広がったのは、落胆でも失望でもない。

——アルベルトがマリアのパートナーにならないことへの、大きな安堵だった。

＊＊＊

王宮舞踏会、当日。

王宮のホールには数多《あまた》の貴族が集い、賑やかな雰囲気に包まれている。

僕は張りつめた気持ちをなんとか落ち着かせようとしながら、アルベルトの隣に控えていた。

『いいですかエミル様。アルベルト殿下は私に対して、これっぽっちも恋愛感情なんてありません。断言します』

マリアの言葉が、頭を過《よぎ》る。

結局あのあとマリアからは連絡がなく、アルベルトはマリアにパートナーの申し入れをしなかったようだ。

あとは今日、マリアとイザクが一緒にダンスを踊るところを見てしまってもアルベルトが暴走しなければ、ゲームのシナリオからは外れたことが証明できる。

王宮舞踏会はゲームのシナリオにおける最後の大仕事。

僕はこのパーティーで、アルベルトの隣を離れないことを誓っていた。

アルベルトは先ほどからホールの隅に佇《たたず》み動こうとせず、貴族たちの様子を眺めている。今はメインであるダンスが始まる前で、貴族たちは思い思いに交流を楽しんでいた。

しかしすでに爵位のある貴族たちにとっては、ダンスよりもこの前半の交流会のほうが大事なのだ。

いかに自分たちにとって、メリットのある人物と繋がっておくか。一見穏やかに見える貴族たちの笑顔の裏には打算が隠れている。

「エミル、ちょっと移動するぞ。話したい人物がいる」

それまで黙っていたアルベルトは、突然僕にそう言うと、貴族たちの中に入っていった。僕も急いでついていく。

そしてアルベルトは、目的の人物のもとに着くと、ためらうことなく声をかけた。

「少し良いか?」

「アルベルト殿下……? お初にお目にかかります。もちろんですとも。殿下からお声をかけていただけるとは、なんて光栄なんでしょう」

アルベルトが声をかけたのは、ロイス辺境伯だった。

隣国との国境を有する辺境の地、ロイスを治める地方の有力貴族だ。国境地域の防衛を担っていることもありその権力は強大だが、いかんせん王都からは離れている。このような機会でないとお目にかかれない人物だろう。

見たところアルベルトもロイス辺境伯と面識があるわけではなさそうだった。

「突然すまない。幼い頃、前辺境伯とこのパーティーで少しだけ話したことがあったんだ。君が爵位を継いだと聞いてから碌に挨拶もできていなかったものだから」

「とんでもございません。本来ならわたくしからご挨拶に伺うべきですので。改めて、三年前に父から爵位を継ぎロイス領を治めております、ガイア・ロイスでございます」

そう言ってガイア・ロイスは作り物のような笑みを浮かべた。

黒髪に細い目が特徴的で、なんだか狐のような印象を抱かせた。年齢は二十代前半くらいだろうか。辺境伯にしては随分若いなと思ったが、爵位を継いで数年であれば納得である。

「ああ。前辺境伯が突然亡くなって大変だったかと思うが……領地の状況はどうだ？」

「お気遣いいただきありがとうございます。そこは滞りなく。我が領は相変わらず作物も良く取れますし鉱山もございます。王都にも毎年十分な額を納めることができていますでしょう？」

「……それもそうだな」

その言葉を聞いて、アルベルトはほんの一瞬だけ冷たい目をした。

しかしそれもつかの間、普段では考えられないような柔和な笑みを浮かべると、その後もロイス辺境伯と会話を続けた。

あれだけ人との関わりを避けてきたアルベルトが、今や自ら声をかけ、会話を弾ませている。その姿に、他の若い令嬢からちらちらと熱い視線が送られていた。

およそ十分後。ロイス辺境伯との話も終わり、僕はほっと息をつく。するとアルベルトが心配そうに声をかけてきた。

「悪いな、エミル。退屈だっただろ」

「い、いえ！　僕は全然大丈夫です！　他にもお話ししたい方がいらっしゃれば、せっかくの機会ですので……」

「ああ、他にはいないから大丈夫だ。それにそろそろ……」

アルベルトがホールの大時計を見やるので、僕もその視線を追った。

時計はそろそろダンスが始まる時刻を示している。辺りを見回すと、貴族たちは自然とホール中央のスペースを空けていて、広々と踊るための空間が出来上がっていた。

若い女性たちが男性パートナーの腕に手を添え、少しそわそわした様子でその時を待っている。

かちりと時計の針が時刻になったことを知らせると、貴族と談笑していた陛下は、ホール全体を見渡せる玉座に着席した。

これが、ダンス開始の合図である。

ホール中央に一組の男女――イザクと、マリアが登場した。周囲は、美しい第一王子と聖女のペアに目を奪われる。

イザクは少し屈んでマリアの手の甲にそっと唇を寄せ、それと同時に、音楽隊が華やかな音楽を奏で始めた。

二人の息の合った軽やかなステップに、思わず魅了されてしまう。

僕がゲームで見た美麗なスチルよりも、今この場で踊る二人はずっと生き生きしている。

そこではっと、意識が引き戻される。

ゲームでアルベルトが力を暴走させるのはこの場面だ。ぼんやりと見ている場合ではない。僕は恐る恐る、隣のアルベルトに視線を向けた。

「――え？」

しかし、アルベルトは僕を見ており、バチッと目が合ってしまった。

「あの二人のダンス……そんなに真剣に見るほど気に入ったのか？」

アルベルトは優しい笑みを浮かべながら言う。

そこには力を暴走させる様子など微塵《みじん》もなかった。というよりも……そもそもアルベルトは、マリアのほうすら見ていなかった。

そういえば、以前もこんなことがなかっただろうか。

たしかあれは、マリアと初めて出会った歓迎パーティーだ。

『エミル、お前はそんなに聖女とやらが気になるのか？』

『いや、気になるというか……。それよりも、アルベルト様はどうですか！　聖女様をご覧になって！』

『はあ？』

その場面が、その時の会話と共に思い起こされる。あの時だって、アルベルトはマリアのことを見ていなかった。

――もしかして、聖女の歓迎パーティーの段階から僕は勘違いしていたのか？

今まで僕が勝手に思いこんで、暴走していただけだったとしたら……？

「……エミル？　どうした？　さっきから、手も……」

アルベルトは茫然として何も答えない僕に対し、心配そうな表情を滲《にじ》ませた。

「手も？」

アルベルトは、視線を自らの袖の辺りに移動させた。

その視線を追うと——僕は無意識のうちに、アルベルトの袖をほんの少しだけ掴んでいた。

「えぇ!? す、すみません！」

バッと、急いで手を放す。一体何してんだよ、僕は……

「いや、離さなくてもいい。ただ、何かあったのかと思って」

「いえ、本当になんでもなくてですね……」

自分でも混乱しているのがわかる。

アルベルトはうろたえる僕を見ながら、「何かあったらすぐに言ってくれ」と気遣ってくれた。

再びイザクとマリアに視線を戻すと、すでに一曲踊り終わりそうなタイミングだった。二人に見惚れていた周りの者たちも、どんどん中央に出て踊り始めている。

「……アルベルト様は、踊らないんですか？」

「ああ。いつものことだろ？」

「それも……そうですね」

僕はアルベルトの返事に一瞬だけ安堵し、すぐさま不安に包まれた。

今年はこうして僕の隣にいるけれど……来年はわからない。

人との関わりを避けてきたアルベルトが、自ら他人に話しかけたように。他の令嬢たちがアルベルトにパートナーになってほしいと申し込んできたように……

ゲームのシナリオから外れたこの先、アルベルトがどこかの令嬢と舞踏会で踊る日が来るかもしれない。僕たちがこうして隣同士で話せるのも、当たり前でなくなる日が来るかもしれない。

そう思うと、言いようのない寂しさが、胸いっぱいに広がった。

それから華やかな音楽が流れる会場で、僕たちの間には沈黙が続いた。

「……なあ、エミル」

先に沈黙を破ったのは、アルベルトだった。

「ちょっと、外に出ないか？　実は、お前に話さなければいけないことがあるんだ」

真剣な声色で告げるアルベルトに、僕は目を丸くする。

紡がれた言葉は、どこか憂いを帯びていた。

それはきっと、僕にとって良いことではないだろうとわかってしまう。

「……わ、わかりました」

掠《かす》れた声で返事をする。

そうしてアルベルトと僕は、煌《きら》びやかな舞踏会のホールの外に出た。

＊＊＊

外へ出ると、僕たちはなるべく人目につかない場所に移動することにした。少し歩いて「この辺りでいいか？」と尋ねてきたアルベルトに、頷いて答える。

そうして僕たちは星空の下、互いに向かい合った。それは先ほどの賑わいとはまったく異なる、二人だけの静かな空間だった。

「それで、お話というのは一体……？」

僕は恐る恐る、声をかける。

アルベルトはそんな僕の様子を見ながら、ゆっくりと口を開いた。

「ああ、実はな。急なことだが……明日からしばらく王都を離れることになった」

「え……？」

——王都を、離れる？

一瞬何を言われているのか、よくわからなかった。

「前に陛下と俺が話をする機会があったことを覚えているか？」

「は、はい。もちろんです。マリア様とのお茶会の途中で、呼ばれていらっしゃいましたよね」

「ああ。それで正式に決まったんだ。……俺はしばらくロイス領に行くことになった」

ロイス領と聞いて、先ほどの狐のような印象の男の顔が浮かんだ。

「ロイス領って、先ほどお話ししていた辺境伯が統治しているところですよね。そんなところに、なぜアルベルト様が……？」

僕の疑問に、アルベルトは重々しい口調で答えた。

「実はあの辺境伯は、圧政を敷き、横領行為を繰り返しているんだ。しかも、自らの父親である前辺境伯を殺害した疑惑もある」

「なっ……」

僕は動揺して、思わず声が詰まってしまう。アルベルトは僕を見つめ、さらに続けた。

「ロイス領は国防的に最重要の土地だ。このまま自分の利益しか考えないような奴を野放しにすれば、侵略を狙う他国にいつ抱きこまれてもおかしくはない。そうなってしまう前にロイス領をあの男の統治から解放する。その役割を俺が担うことになったんだ」

アルベルトの真剣なまなざしを見ながら、僕はようやく声を絞り出した。

「そう、なんですね……。それなら、僕も一緒に……」

「駄目だ」

ぴしゃりとそう言われ、身体が硬直してしまう。

「ロイスは強力な騎士団を持っている。王都から最低限度の兵は連れていくが、それでも敵陣の中に飛びこむのと変わらない。そんな危険なところに、お前を連れてはいけない。せめて安全が確保されるまで、お前には王都にいてほしい」

アルベルトの言葉を聞いて、泣き出しそうになるのをぐっと堪えた。

「わ、わかりました……。しばらくって、どれくらいですか……？　それに、明日出発って……」

「伝えるのが直前になってしまって、本当にすまない。あの辺境伯は一週間ほど王都に滞在する予定だから、あいつが領地に戻る前に先回りしておきたかったんだ。期間は……移動も考えれば短くて数か月。長くて半年くらいだと思う」

――数か月から半年。

人によっては、たいした年月ではないのかもしれない。しかし僕にとっては途方もなく長い時間に感じた。僕たちは出会ってから、いつも一緒にいるのが当たり前だったから。

「……そんな顔するなよ」

──今、僕はどんな顔をしているんだろうか。

涙で視界が歪んで、アルベルトの顔すらよく見えなかった。

「エミル。少し、後ろを向いてくれないか」

アルベルトがそっと声をかけてくる。

突拍子もない言葉に一瞬うろたえたが、言われるがままアルベルトに背を向けた。

「これでいいですか……？」

「ああ。もうちょっとそのままでいてくれ」

そう言うと、アルベルトが近づいた気配と、首元にかすかにひんやりとした感覚がした。

目線を少し下に落とすと、僕の首元にはネックレスが掛けられていた。

細い銀のチェーンに、小ぶりな青い宝石が一つ。シンプルながら、その煌《きら》めきに目を奪われる。

宝石の深い青はアルベルトの瞳の色と同じだった。

「綺麗……」

「俺がいない間、お前が危険な目に遭《あ》わないかと気が気じゃないんだ。魔力を込めてあるから、何かあってもお前を守ってくれると思う」

危険な目に遭《あ》いそうなのは、アルベルトのほうだろう。それなのに、僕の身を案じてくれることに、じんわりと温かい気持ちがこみ上げる。

それにこの青い宝石のネックレスは間違いなく、僕の好みを考えてくれたんだ。

「本当に、ありがとうございます……。ずっと、大事にします。アルベルト様……必ず、無事でいてくださいね」

そう言って振り向こうとして、背後から強く抱きしめられた。

アルベルトの髪が、ほんの少しだけ頬に触れる。

「え……!?」

ぴたりと触れた背中が、熱い。

「エミル。これが無事に終わったら、お前に伝えたいことがあるんだ。だから……どこにも行かないで、俺のことを待っててくれ」

懇願のような言葉に、胸が締めつけられる。

「……もちろんです。どこにも行ったりしませんよ」

僕の掠《かす》れた声は、静かな夜に溶けていった。

アルベルトは、ゆっくりと身体を離す。

触れていたところが、まだ熱を持っているような気がした。

第五章　シナリオから外れたその先で

アルベルトが王都を発ってから、三か月が経過した。

アルベルトの従者をお休みして王宮内の仕事全般に携わるようになった僕は、以前にも増して慌ただしい毎日を過ごしていた。

「エミルー！　ちょっと人足りてなくて、サポートお願いできる？」

「悪い、エミル！　人員配置のことで相談があんだけど……」

「二人とも、ちょっと待ってて！　順番に行く！」

従者仲間からほぼ同じタイミングで話しかけられ、焦りながら答える。

今日は王妃陛下主催の大規模なお茶会が開催されていた。

会場にはさまざまな貴族の女性たちが招かれ、交流を深めながら優雅なひと時を過ごしている。

一方その裏では、従者たちが参加者のお迎えや給仕のため、忙しく動き回っていた。

ちなみに僕の役割は従者たちの統括だ。あらゆるところに目を配り、お茶会が何事もなく終わるように指示を出す。

早朝から始まった一連の業務が終わったのは、その日の夕方だった。

「なんとか無事に終わったあ……」

思わず独り言を漏らしてしまう。

最後のチェックで足を運んだお茶会の会場に、貴族たちはもちろんいない。後片付けで残っている従者たちがちらほらといるだけだった。

「エミル、お疲れ様ー！」

「お疲れ！　何事もなく終わって良かったな！」

背後から明るい声が聞こえた。振り向くと、三つ編みのメイド服を着た女性ニーナと、眼鏡をかけた執事服の青年カイが立っていた。

「ニーナ！　カイ！　お疲れ様。二人にはたくさん動いてもらって助かったよ」

「いやいや、エミルのおかげで、かなりスムーズに進められたよな」

「本当だよー！　指示出すの、結構向いてるんじゃない？」

無事に終わった解放感も相まって、和気藹々と会話が弾む。

――アルベルトが行ってしまってから、僕の周りでは変化があった。

一つは、疎遠だった従者仲間とよく話すようになったこと。

ニーナとカイも、僕がアルベルトと出会ってから少し経つまでは、特に仲がいい友人だった。しかしイザクとの一件があってから――おおよそ、闇魔法についての噂が原因だと思うが――パタリと話しかけてこなくなり、交流が途絶えていたのだ。

そんな二人が、最近は以前のように話しかけてくれるようになった。

そしてもう一つ。

僕が王宮内で催されるイベントで、従者たちを統括する役割を担うようになったこと。これはアルベルトがいなくなったあとに志願したことだった。

元々専属従者としてなんでもこなしていた僕は、一通りのスキルを身につけていた。あらゆる指示を出せることもあり、高い評価をもらえている。

「……もう、こんな時間だね。疲れたし、そろそろ戻ろうか」

僕は二人に声をかけ、会場を出る。

今日も、あっという間に終わったな。そう考えながら、僕はある場所へと向かった。

＊＊＊

僕は慣れた手つきで部屋の扉を開け、中に入った。この部屋にはアルベルトの机だけではなく、僕の作業机もある。

……アルベルトの執務室。

毎日通っていたこの部屋だけは、この三か月間、どんなに疲れていても必ず立ち寄ってしまうのだ。

ここまでくると習慣だよな、と思いながら、なんとなく軽い掃除をし始める。当然メインで使う人間がいないので、汚れているわけもない。

そのことに、どうしようもなく虚しい気持ちが押し寄せた。

「三か月くらい経ったのに……」

たかが三か月が、どうしてこんなに長く感じるんだろう。

僕は今、王宮内の仕事をできる限り引き受け、イベントの時は従者たちの統括役を買って出ている。

少しでも忙しくして業務のことで頭をいっぱいにしていないと、アルベルトのいない日々を耐えられそうになかったのだ。

僕はふと、机上に置かれた三通の手紙に視線を向けた。

アルベルトからは一か月に一回、手紙が届いている。僕の様子を窺《うかが》いつつもアルベルトの近況を綴《つづ》った、なんの変哲もないものだ。

辺境の地との手紙のやりとりは、一往復するだけでもかなりの時間を要する。直近の手紙にはロイス領の解放が順調に進んでいる旨が書かれていたが、今この時点ではどうなっているのかわからない。

……アルベルトは、どう過ごしてるのだろうか。

そっと、首にかけたネックレスに触れる。

それは従者である僕が付けても違和感がないくらい、シンプルで控えめなものだ。しかし僕にとっては、まるで鎖のようにずっしりと重く、外せないものになっていた。

アルベルトがいなくなってから、僕は仲の良い従者に囲まれて前よりずっと賑やかになったはずなのに……彼の存在を片時も忘れられない。

そして、そんな日々を過ごしているうちに、自分がアルベルトに抱く感情がただの主人に対するものではないことに、嫌でも気づいてしまった。

僕は脇役で、相手は物語を彩るヒーロー。

さらに男同士で、主人と従者の関係。

しかも彼には、すごく好きな人がいる。

かろうじて立ち絵があるレベルの脇役がヒーローに対してこんな感情を抱くなんて、誰が想像できただろう。

「自覚した瞬間に失恋確定って……」

思わず漏れた言葉は、虚しく部屋に響く。

いや、失恋なんて言うのも、おこがましいのかもしれない。

――アルベルトが無事でいてくれればそれでいい。そして専属従者として、また隣で仕えることができたらそれだけで……

胸の苦しさを押し殺して、僕は部屋から出た。

＊＊＊

翌日。僕は何もすることがなく、ふらふらと王宮の廊下を歩いていた。

昨日までは王妃陛下主催のお茶会の準備があり、慌ただしさはピークだった。

しかし昨日の今日ということもあって、父や従者仲間に気を遣われ、今日はまったく仕事を振ってもらえなかったのだ。

今は誰かに仕えているわけではないため、手伝える仕事がなければ一気に手持ち無沙汰になる。

部屋でぼうっとしているよりはいいかと、行く当てもなく王宮内をさまよっていたが……こういう日に限って王宮内は静かすぎるほど落ち着いていて、何か手伝えることもなさそうだった。

このままでは王宮を徘徊する亡霊と噂されてしまいそうなので、自室に戻ろうかと思った矢先。

突然、廊下に大きな声が響き渡った。

「エミル様！　ようやく見つけましたよ！」

振り向くと、そこにはマリアの姿があった。

マリアはずんずんと僕に近づき、ばっちり視線を合わせてくる。

「今、お話しする時間はありますか？」

「も、もちろんです」

そういえばマリアと話すのも三か月ぶりだったな、とその時初めて気がついた。

マリアの勢いに気圧《けお》されて了承したというところもあるが、単純に声をかけてもらえることは嬉しかった。それに暇を持て余していた僕にとって、ありがたい誘いでもある。

「良かったです。じゃあ、ゆっくりお話しできる場所に行きましょう。前と同じ、私の研究部屋でも大丈夫ですか？」

僕が頷くとマリアはにっこり微笑んで、部屋に向かって歩き出した。

少しの間マリアの後ろを追って歩いていたが、マリアがちらりと振り返って、僕の顔を見て言った。

「……それにしても、少し痩せましたよね？」

「えっ？　そうですかね……？」

正直、自覚がなかったので驚いた。

忙しすぎて碌に食事を摂《と》れない日があるから、そのせいだろうか。まあその忙しさも、自分で望んでやっていたことではあるのだが……

「はい。ちゃんと食べていますか？　一緒に食事をする人がいないから自分は適当でいいや、っていうのは駄目ですよ」

「うっ、それは……」

思いっきり図星を指されてしまった。

アルベルトがいた頃は、彼の要望で一緒に食事を摂《と》ることも多かった。しかし自分しかいないと、ついつい適当なものしか食べなかったり、食事を抜いてしまったりする。

「き、気をつけます……」

「お願いしますね。……さて、着きましたよ」

マリアと会話しているうちに、以前にも訪れた彼女の研究室に着いた。

「さあ、どうぞ中にお入りください。あ、そうだ。ちょっとそちらに座って待っててくださいね。今、飲み物を持ってきますから」

僕はそのまま部屋に入り、促されるまま椅子に腰かけた。

聖女に飲み物を出させるなんて申し訳ないと思っていたが、マリアはすでにてきぱきと準備をし始めていた。

室内を見渡すと、相変わらず薬の小瓶や専門書、薬草が多数保管されている。しかしその数が前に見た時よりも多くなっていた。

きっと以前訪れた時から、さらに研究を続けていたんだろう。

「お待たせしました。どうぞ」

少ししてからマリアが出してくれたのは、見慣れた紅茶ではなく、ほんのりと赤い色をした飲み物だった。フルーティーな香りが、ふわりと鼻を掠《かす》める。

「すごく綺麗な色ですね」

「それ、薔薇《ばら》の実から作ったお茶なんですよ。最近のエミル様はお疲れでしょう。癒しの効果もありますから、ぜひ飲んでみてください」

お言葉に甘えて口をつける。ほどよい酸味と柔らかい口辺りに、強張っていた身体の力が自然と抜けるような感じがした。

「美味しいです。なんだかほっとしますね」

マリアは安心したように笑みを浮かべ、僕の対面にある椅子に腰かけた。マリアは自身のティーカップを準備しながら、声をかける。

「……アルベルト殿下が王都を出発されてから、エミル様の元気がないご様子だったので、実はずっと心配していたんです。それでお話でもしようかなと思っていたら、突然たくさんの仕事を引き受けられていてびっくりしましたよ」

「あはは、それは……」

「今日はエミル様に珍しく予定がないと、他の方から聞いたんです。でもお部屋を尋ねてもいらっしゃらないし……。捜すの大変だったんですよ！」

「それは失礼いたしました……」

思わず苦笑いをした。

会っていない間、マリアが僕のことを心配してくれていたのかと思うと、申し訳ない気持ちがこみ上げてくる。

「そんなに忙しくしようとしているのは……やっぱり、アルベルト殿下がいないからですか？」

マリアは先ほどのくだけた様子から一転、真剣な表情になる。

僕は自らの胸中を言い当てるようなマリアの言葉を受けて、とつとつと話し出した。

「……はい。アルベルト様のことが心配で……。何か危険な目に遭《あ》っているんじゃないかと、一人の時はずっと考えてしまうんです」

「……そうですよね」

マリアは相槌を打つと、一瞬の沈黙ののち、ゆっくりと言葉を紡いだ。

「エミル様は殿下のことを……本当に大切に思っているんですね」

マリアの優しい言葉が、僕の心を撫でた。改めて言われると、なんだかこそばゆいような、不思議な気持ちになる。

「一番近くで見てきたからこそ……アルベルト様に誰よりも幸せになってほしいんです」

マリアは僕の言葉を聞き、ほんの少し目を潤ませた。

「エミル様。ごめんなさい」

「……えっ？」

突然、マリアが謝罪の言葉を口にする。

「私は少し前まで、このままお二人が一緒にいたらエミル様が不幸になるって、本気でそう思っていました」

予想外の言葉に、思わず目を見開く。

不幸になる。それは、アルベルトが闇魔法の属性を持っているからだろうか。しかしなんとなく、マリアはそういった意味では言っていないような気がした。

「だから、エミル様が私を助けてくれたように、今度は私がエミル様の本来の幸せを取り戻してあげたいって思っていたんです。でも、エミル様は殿下がここを出てからずっと元気がないし、友人に囲まれても全然幸せじゃなさそうで」

マリアの言う通り、アルベルトが王宮を去ってから、僕は従者の友人と話せるようになった。今では僕のことを避ける人間はいない。

しかしそれでも、ただ一人がいなくなったせいでぽっかりと空いてしまった穴は、決して埋まることはなかった。

「私は自分の行動が間違っていたとは思いません。だけど、エミル様と殿下のことは勘違いしていました。今までずっと、一方的な関係だと思っていたけれど……」

マリアは一呼吸置いて、僕をまっすぐに見つめた。

「きっとエミル様にとって、殿下はかけがえのない存在なんですよね」

確信めいたマリアの言葉は、僕の心にストンと落ちた。

——僕にとって、アルベルトの代わりなんていない。たとえ僕の思いが一生成就することがなかったとしても、僕は彼の隣にい続けたかった。

「……はい」

ゆっくりと頷いた僕を見て、マリアは微笑みながら、言葉を続ける。

「エミル様。殿下が危険な地に赴《おもむ》いて心配になるお気持ちはよくわかります。ですが、アルベルト殿下はそんな簡単に出し抜かれるような人なのですか？」

マリアの問いかけに、ハッとさせられる。

「そんなこと、ないと思います。だってあの人は、この国の誰よりも強いですから」

「そうですよ。あまり思いつめないでください。アルベルト殿下なら大丈夫です。あの人の強さを近くで見てきたエミル様が、一番わかっているんでしょう」

マリアは僕と視線を合わせながら、はっきりと言った。

「エミル様。アルベルト殿下と再会した時に、そんなやつれた姿をお見せしていいのですか？」

マリアの言葉を聞いて、僕は部屋の壁にかかる姿見を見る。それでようやく自分を客観的に見ることができた。

以前より緩くなった執事服。うっすらとできている目の下のクマ。

こんな状態でアルベルトと再会できるだろうか？　アルベルトのほうが、遠方での任務で疲れているというのに。

――そうだ、今の僕にできることは……

「マリア様。ありがとうございます。僕、アルベルト様に次お会いする時には、アルベルト様がゆっくり休めるよう、僕にできることはなんでもサポートしたいです。そのためには、僕がまずしっかり休んで、万全の態勢を整えなければいけませんね」

「それがいいと思います。まずは、ご自身を大事にしてくださいね」

僕の言葉を聞いて、安堵の表情を浮かべたマリアはティーカップにそっと口をつけた。

ふと気がつくと僕のカップは空になっていた。美味しくていつの間にか飲み干してしまったみたいだ。

「あ、まだありますので、どうぞ飲んでください」

「いいんですか？　ではお言葉に甘えて……」

僕はティーポットから追加で注ぐため、少し前屈みになり手を伸ばす。

その時、マリアの視線が僕の首元に向けられた。マリアの不思議そうな表情が気になって声をかける。

「マリア様、どうかされましたか？」

「あ、いえ！　それ、新しくつけられたんですね。すごく素敵ですし、似合っているなって思って」

マリアの視線を辿《たど》ると、ネックレスのことを言っているのだとわかった。褒められたのが嬉しく、「ありがとうございます」と笑顔で返す。

しかしマリアはなぜか訝しげに片眉を上げた。

「違っていたら申し訳ないのですけども……その青い宝石、魔力が込められていたりします？」

「すごい、なんでもわかってしまうんですね！　仰る通り、この宝石は魔力が込められていて、僕の身に何かあれば守ってくれるお守りのようなものなんです。実はこれ、アルベルト様がくださったんですよ！」

そう言った瞬間、マリアが目を丸くした。

「な、なるほど……だから先ほどから闇属性の気配がしていたんだわ。それにしても、ただのお守りにしては魔力が強すぎるような……」

マリアは僕のネックレスを穴が開きそうなほど見つめながら、顎に手を当てて考えこむ。眉を顰《ひそ》め、ぶつぶつと呟いては、うんうんと首を傾げる。

「やっぱり、こんなに多く魔力を込める必要ないわよね……？　いや、まさか――」

ひとしきり考えこんだ末、マリアは突然僕の肩を両手で掴んだ。

「エミル様！　まさか、監視や盗聴なんてされてないですよね!?」

「……はい？」

突拍子もない言葉に、きょとんとしてしまう。

監視や盗聴？　一体なんの話だ。

独り言なのか、マリアは、ぶつぶつと続けた。

「自分がいない間にネックレスの魔力を通して監視や盗聴なんて、いくらなんでもそこまではしないと思いたいけど……、いやでもあの執着男ならありえるか……？」

「マリア様？　どうしました？」

「あ、いえ！　なんでもないです！　さすがに確証がないし、本人に言うのはおかしいわよね……。でもやっぱりあの人やばいかも……。ああ、なんでさっき応援するようなこと言っちゃったんだろう！」

突如うろたえ始めたマリアに、僕はどう声をかけていいのかわからない。

数分ほどうろたえた彼女は、こほん、と軽く咳払いをしたあと、ようやく落ち着いた様子に戻った。

「エミル様。と、とにかく、今日はお話しできて良かったです。長話をしてしまったらまた休めないでしょうし、これを飲み終わったらお開きにしましょうか」

「……そうですね。本当になんとお礼を言っていいのか……。正直、かなり励まされました」

今日マリアと話をしていなかったら、きっと自分で気づかないうちに、ボロボロになっていたに違いない。

「とんでもないです。エミル様には、これまでたくさん助けていただきましたからね！　何かあれば、いつでも相談してくださいね？」

マリアはそう言って優しく微笑む。

このような友人に恵まれて、僕は本当に幸せ者だと思った。

とにかく今日は、しっかり休もう。ちゃんと食事も摂《と》って、万全な態勢を整えるんだ。

――次に、アルベルトに会う時のために。

＊＊＊

その後、僕はマリアと話した通り、とにかく休むことにした。

精神的にも肉体的にも思った以上に疲れは溜まっていたようで、一度寝たら深い眠りから覚めないという状態だった。食事についても、三食栄養バランスを考えて摂《と》ることを徹底した。

そしてマリアと話してから一週間が経過した頃、僕の体調は、完全に回復したのだった。

自室で、窓からたっぷり差しこむ日差しを浴びながら目覚める。

ぽかぽかと暖かい気温に、心なしか軽い身体。気分も前向きになるようだ。

なんだか、今日はいいことがありそうな気がする。そんなことを思いながら、ベッドから起き上がり、朝食の準備を始めた。

そして本当にいいことが起こったのは、その日の昼過ぎだった。

突然、自室にノックの音が響いた。急いで扉を開けると、いつもアルベルトからの手紙を届けてくれる従者が立っていた。

嬉しい報告なのか、それとも何かあったのか。期待と不安で心臓がドクンと脈打つ。

「エミル様。アルベルト殿下からのお手紙が届きましたよ」

従者はニコニコとして手紙を渡してきた。その様子を見るに、アルベルトの身に何かあったような、緊急性の高いものではないようだ。

少しほっとしながら、「いつもありがとうございます」とお礼を伝えると、静かに扉を閉めた。

僕は早速、緊張で震える手で手紙の封を開ける。

便箋は一枚。

文字数も決して多くないが、アルベルト本人の整った字で綴《つづ》られていた。


『エミル。そっちではどうだ？　あんまり無理に仕事を引き受けて、体調崩したりするなよ。こちらは、ロイス領の解放がおおよそ終わった。ロイスの騎士団も鎮圧したから、もし心配をかけていたなら安心してほしい。俺はまだ連絡や書類の後処理もあってすぐには戻れないが、とりあえず一か月後には一度ロイスを発って、王都でお前に会いたいと思ってる』


「よ、良かった……！」

安堵して、思わず身体の力が抜けた。

ロイス領の解放が無事に終わったのだ。これでアルベルトが危険に晒されることもない！

安堵もつかの間、手紙に書かれた「お前に会いたい」という一言に、心臓がバクバクし始めた。

別に、信頼している従者に対して使うのはなんらおかしいことではないのだが、過剰に反応してしまうのは、アルベルトに対しての気持ちを自覚してしまったからだろうか。

手紙を何度も読み返し、自分を落ち着かせる。

そして鼓動が静かになったと感じた頃、ふと、ある一点が気になり出した。

『一度ロイスを発つ』という言い方。

解放が終わったなら、アルベルトは王都にそのまま帰ってくればいいのではないか。

この言い方だと、一度王都に帰ってきて、またロイス領に行かなければいけないと読めるのだが……それほど処理が溜まっているのか。

「まあ、手紙じゃこれ以上のことはわからないか……」

ひとまずすぐに返事を書こう。

僕は早速ペンを取り、思いの丈を綴《つづ》った。

＊＊＊

ようやく返事が書けた僕は、王宮庭園を散歩していた。

雲一つない快晴で心地好い風が頬を撫でる。アルベルトからの嬉しい報告も相まって、心なしか花々がより鮮やかに見える気がした。

しばらく散歩して、休憩のために中央噴水の近くのベンチに腰かける。

不安が解消された安堵感と、ぽかぽかした陽気に誘われ、眠くなってくる。重い瞼《まぶた》を閉じようとした時、頭上から声が響いてきた。

「エミル、久しぶりだな」

「……へっ⁉」

パッと目を開き見上げると、キラキラと日の光に照らされて輝く金髪に碧眼――イザクが立っていた。

マリアに続いてイザクにも話しかけられるなんて。

一瞬で眠気が吹き飛び驚きを隠せない僕を見ながら、イザクはなんてことないように僕の隣に座った。

「お久しぶりです」

「ああ、数か月、顔を見る機会もなかったよな。でもこの前は、王妃陛下のお茶会を取り仕切ってくれてただろ？　あの時は助かったよ」

「とんでもございません。王妃陛下が主催なさる大事なイベントですから」

イザクは従者である僕に、まるで友人のような軽い調子で話しかける。けれども特に違和感はなく、すんなりと受け入れられるのが不思議な感じだ。

「それで、マリアからも聞いたよ。君が最近無理して仕事してるんじゃないかってさ。あれからよく休めたか？」

――なるほど、マリアから僕の様子を聞いていたのか。

案外この人も僕のことを心配してくれたのかもしれないと、なんだかむず痒い気持ちになる。

「あ、はい。おかげさまで……マリア様とお話ししたのは一週間くらい前ですが、それからしっかり休みをいただいたんです。この通り、身体の調子もすっかり良くなりました」

「良かった。さっき眠りかけてたのは、睡眠が足りないというわけじゃなかったんだな」

「……う。それは単純に、居眠りしそうになっただけと言いますか……」

気恥ずかしくてごにょごにょと話す僕を見て、イザクは爽やかに笑った。

「そんな時に話しかけてしまってすまなかったな」

「気にしないでください。もう、眠気は完全に覚めましたから……」

僕は隣のイザクと目を合わす。

そして、ふと疑問に思った。結局、イザクとマリアの関係性ってどうなったんだろうか？

「そういえば、マリア様に専用の研究部屋をプレゼントされていましたよね？　それに王宮舞踏会でお二人が踊っていらっしゃる姿、とても素敵でしたよ」

「ああ、プレゼントの件は、君にいろいろアドバイスをもらっていたよな。舞踏会のあとも定期的に彼女とは会っているんだ。実は今度、正式に婚約者になってくれないかと、話そうと思っている」

「えぇ!?」

僕が仕事を詰めこんでいる間に、二人の仲がそこまで深まっていただなんて！　予想以上の進展に驚きを隠せない。

「あ、もちろん受けてくれるかはわからないぞ？　でもやっぱり早いうちに気持ちを伝えておかないと……これから彼女の魅力に気づく男がもっと増えるだろうし」

「そうなんですね……」

いくらそんな男が増えようが、さすがに第一王子に対抗しようとする奴はそういないと思うけど……。そう心の中でツッコミを入れつつも、イザクが真剣な表情だったので何も言わなかった。

もし二人が結ばれたら、将来的には国王がイザク、王妃がマリアになる。悪くないどころか、なんだか国をより良くしてくれる気がする。

「そういえば、君はどうなんだ？」

僕がそんなことを考えていると、イザクはいきなり別の話を切り出した。

「……なんの話ですか？」

「だから、好意を寄せている人はいないのか？」

え、何これ。もしかして僕は今、第一王子から恋話《こいばな》を振られているのか……？

……好意を寄せている人、か。

頭の中でイザクの言葉を反芻した瞬間、アルベルトの顔がぱっと思い浮かんでしまった。

「こここ好意を寄せている人なんて！　いいいい、いませんよ！」

「なんだ、そのわかりやすすぎる反応は」

動揺が明らかに表に出てしまった。自分を落ち着かせようと試みるも、顔に熱が集まっていることがわかる。

「で、それで？　一体誰なんだ？」

イザクは目を輝かせながら、前のめりになって尋ねてくる。

なんかこの人、意外とノリノリだな。

「誰かは言えませんけど……えっと、その……自分には手の届かない方と言いますか……」

「ほお？　身分が違うのか？」

「うーん、まあ身分とかいろいろありまして……あと、その方にはすごく好きな人がいるみたいで、もう失恋が確定していると言いますか」

僕は以前、アルベルトが言っていた言葉を思い返していた。

『他の奴と話してたり、勝手に仲良くなってたり……。そういうのを見ると、どうにかなってしまいそうになるんだ』

マリアではなかったとすると、結局あれは誰のことだったんだろうか。

考えるだけで、胸が抉られるような感覚に襲われる。

「『すごく好きな人』？　それは誰のことかわかるのか？」

「あ、いえ。聞いてません……」

「じゃあ、本当に失恋してるのかわからないよな。思いを伝えたりはしないのか？」

イザクに問いかけられて、言葉に詰まった。

この気持ちをどうしたいかなんて、これまで考えたことがなかった。けれども頭の中で結論を出すより先に、口が勝手に動いていた。

「……伝えません。だって、そもそも僕のような者が思いを伝えることなんて許されない人です。それに伝えたら……もう二度と会えなくなってしまうかも、しれません」

「エミル……」

「きっとその人は、これから誰かと愛し合いご結婚なさる……僕はその姿を間近で見ることになるでしょう。けれど会えなくなるよりずっといい。僕はずっと、その人のそばにいたいんです」

イザクは僕の言葉に驚いた様子だったが、すぐに穏やかな声色で言葉を紡いだ。

「その人は、随分君に想われているんだな」

「えっ？　そうでしょうか。僕はただ、臆病なだけでは……」

「そんなことはない。つらい思いをするとわかっていても一緒にいることを選ぶというのは、そうそうできることじゃないさ」

イザクは僕を励ますように肩をポンと叩く。彼は優しい笑みを浮かべていた。

「……ありがとうございます」

「根掘り葉掘り聞いてしまって、すまなかったな」

そうして僕たちに、心地の良い沈黙が訪れた。

しばらくしてイザクは落ち着いた口調で、話を切り出した。

「……アルベルトがロイス領の解放をほぼ完了したこと、君はもう聞いているか？」

どうやら本題はこの件だったらしい。僕も真剣な面持ちでイザクに向き合う。

「はい。ちょうど今日、アルベルト様からの手紙で知りました」

「そうか。実は陛下と俺にも使者から詳細を伝えられてな。俺のほうからも状況を伝えられたらと思って、君に話しかけたんだ」

「それは、ありがたいです……！」

たしかに、アルベルトの手紙では詳細な状況がわからない。今の僕にとってはぜひ聞きたい内容だった。

イザクは、使者から聞いた内容を語り始めた。

「まず、ロイス領は現地の騎士団からの抵抗もあったが、最小限の兵で鎮圧することができた。でも領内の状況は中々悲惨なものだったらしくてな……」

「え……」

「ガイア・ロイスが私腹を肥《こ》やすために、前領主の倍近くの税を絞り取っていたんだ。領民は重税を課された分、当然苦しい生活を強いられる。さらに医療にも金を使わなくなったせいで、治療すら満足に受けられなくなっていた」

僕は話を聞いて、思わず顔が引きつってしまう。

「そんな、酷い状況……。よく今まで誰にも見つかることなくやっていましたね」

「前辺境伯がとても優秀な人で、息子に代わるまで理想的な領地の経営ができていたんだ。だから代替わりしても問題ないだろうと、監視を緩くしてしまっていたんだ」

僕は王宮舞踏会で会ったガイア・ロイスの貼りつけたような笑みを思い返していた。あの笑顔の裏で、そんなことを平然とやっていたと考えると、背筋が寒くなる。

「その……ガイア・ロイスは、どうなったんですか？」

僕が恐る恐る問いかけると、イザクは不快感を滲《にじ》ませながら答えた。

「あいつは横領だけでなく自分の父親を殺害した疑惑があって、アルベルトがそれについての証拠を揃えた。もちろん重罪だから、近々王都に送られて処罰されることになるだろう」

アルベルトはまだ連絡や書類の後処理があると言っていたが、ガイア・ロイスのことを言っていたのかもしれない。

現辺境伯の犯罪の立証と、処罰。それは当然、一筋縄ではいかないだろう。

そこで、僕はふと疑問に思う。

アルベルトはそんな大変な状況の中で、一度王都に戻ろうとしているのだろうか、と。

僕はイザクに質問を投げかけた。

「イザク殿下。アルベルト様は一か月後にロイスを発って、王都に一度戻る予定らしいのですが、それはご存じでしょうか？」

「えっ……？　すまない、それは初耳だな……。さっきのガイア・ロイスの処罰についてもそうだが、後処理が山ほど残っているはずだ。てっきり、まだしばらくはあっちに滞在するものだと思っていたが……」

――もしかして、相当無理をして戻ろうとしている？

アルベルトのことだ、中途半端にロイス領を離れたりはしないはず。一度王都に戻るためには、どれほどの無茶をする必要があるだろう。

『一度ロイスを発ってお前に会いたいと思ってる』

手紙の内容を思い起こす。

公的に戻る理由があるのなら使者に伝えているはず。しかし、僕だけに伝えてきたのは一体なぜ……？

そもそもロイス領の鎮圧が完了した今、僕はただ安全な地で待っているだけでいいのか？　僕にできることは、本当にないんだろうか……？

……沈黙し俯く僕を見て、イザクは心配そうに視線を向けてくる。

僕は顔を上げ、意を決してイザクに告げた。

「イザク殿下。大変不躾《ぶしつけ》ながらお願いがあります。僕を、ロイス領に行かせていただけないでしょうか」

僕の言葉にイザクは目を見開き、信じられないといった顔をした。

「いや、たしかに今は鎮圧できているから安全ではあると思うが……。わざわざ君が行く必要はないんじゃないか？」

イザクの反応は、僕の予想通りだった。ただ行きたいというだけでは、それは我儘でしかない。

「はい。もちろん、僕一人が行っても費用がかかるだけで、特に意味はないでしょう。ですから、現地に必要な物資と人手を僕が手配して、一緒に向かいます」

「……というと？」

イザクは僕の発言に興味を持ったようで、すぐさま続きを促してきた。

「先ほど聞いたお話では、ロイス領では医療も満足に提供されていないとか。それであれば、現地の兵士たちや相手側の騎士団の負傷も、十分に治療できていない可能性があります。それに食料だって長く滞在すればいつかは底をつきます」

「……そうだな」

「僕なら、王都からの物資や人員の手配、現地の管理まで、すべて行うことができます。アルベルト様からの補給の要望に都度応えるよりも、僕が現地に行って調整をしたほうが、スムーズにことが進むはずです。……だから、僕を行かせてくれませんか？」

「なるほどな……」

イザクは感心したように頷く。

「わかった。陛下に進言してみよう」

「ありがとうございます……！」

笑顔でお礼を伝えた僕に、イザクは朗らかな声で言う。

「それにしても、頼もしくて驚いたよ。さすが、アルベルトの専属従者を長年一人で務めていただけのことはあるな」

「最近になって、統括の仕事も学びましたからね！　早速活かせそうで良かったです！」

僕たちは目を合わせ、和やかに笑い合う。

しかしイザクは突然にやりと、いたずらっ子のような笑みを浮かべた。

「まあ、小難しいことを言っておきながら、結局はアルベルトに早く会いたいんだよな？」

「えっ⁉」

思わず素っ頓狂な声が出てしまう。

「隠さなくてもいいぞ。大丈夫、君の出発の準備は万全にしておくから」

「い、いや。そそそそ、そういうわけでは……！」

「やっぱり、わかりやすいよなあ」

イザクはニヤニヤするのを隠そうとはしなかった。明らかにからかわれているが、これ以上反論のしようはない。

「と、とにかく！　陛下への進言と出発の準備をお願いいたします。僕のほうは、先ほどの物資と人員の手配を進めていきます。あと僕が向かうことは、アルベルト様に手紙でお伝えしておきますね」

イザクは僕の言葉に、顎に手を当てて考えながら言う。

「ああ、わかった。案外、手紙が届くよりも君が到着するほうが早いかもな。アルベルトがロイスを発つと言っていたのは一か月後だったか？　君がなるべく早く到着するように、良い馬車を用意しておくよ」

「ありがとうございます！　……それにしてもアルベルト様、突然自分の従者が来たら、びっくりしますかね？」

「あいつなら君が来てくれたら何よりも嬉しいだろうし、いいんじゃないか？」

イザクは軽い調子で答える。

仕事中に押しかけるような感じがして若干気が引けるところではあるが、もう行ってしまうしかない。

——ただ、想定よりアルベルトと早く会えることに、心が躍っているのはたしかだった。

＊＊＊

「エミル様。着きましたよ」

逸《はや》る気持ちを抑えながら馬車に乗っていた僕は、御者《ぎょしゃ》の一言でバッと顔を上げた。

——王都から遠く離れた地、ロイス。

途中、幾度か宿に泊まりながら、今日ようやく到着することができたのだった。

すぐさま馬車から出て、辺りを見回す。幸いにも、今日は雲一つない快晴だった。

周囲は山々に囲まれ、豊かな緑が鮮やかだ。街の中央地区には住宅が立ち並び、郊外には畑も広がっていた。決して王都のように豪華絢爛《ごうかけんらん》なわけではない。けれども、いるだけで落ち着くような場所だった。

「さて、とりあえず城に向かわないと……」

僕は鞄からロイス領の地図を取り出した。

僕以外に従者が数人一緒に来ており、追加の物資も持ってきている。この土地の中心に位置するロイス城に行けば、アルベルトがいるはずだ。そこで事情を説明して、ひとまず指示を仰ごうと考えていたのだった。

「あれ？　もしかして、エミル様ですか？」

手元の地図に視線を落としていた時、ふと頭上から声が聞こえてきた。

見上げると、黒髪に大柄な体形の見知った騎士が立っていた。

「……アーロンさん!?」

「あ、やっぱりそうでしたか！　まさかこんなところでお会いするとは！　お久しぶりですね」

アーロンは以前、アルベルトの剣術の素晴らしさについて僕と語り合ってくれた騎士だ。

顔見知りがいて安心し、思わず笑みがこぼれる。

「お久しぶりです！　アーロンさんは、どうしてロイス領に？」

「ああ、それはですね。アルベルト殿下がロイス領へ出発する際に、王都からも兵を連れていくことになりまして。せっかく殿下のもとで働けるいい機会ですし、志願して参加させてもらったんですよ！」

アーロンはそう言って、笑顔を向けた。

「そうだったんですね……！」

「はい！　いやあそれにしても、まさか今日のお客様がエミル様のことだったとは」

『お客様』？　僕はなんのことだろう、と首を傾げた。

「えっと、お客様というのは？」

「あ、すみません。実は今朝、殿下から警備の兵士たちに連絡がありまして。王都からお客様が来るかもしれないから、その時はすぐに城に案内してくれ、と」

「……えっ」

もしかしたら、手紙のほうが先に届いていたのかもしれない。

いずれにしても、それなら話が早くて助かった。

「では、城までご案内しますね。私についてきてください」

僕はありがたく思いながら、他の従者たちを引き連れアーロンについていく。アーロンは辺りの様子を説明しながら、城までの道のりを案内してくれた。

しばらく歩くと、小高い丘の上に聳え立つロイス城が目に入った。大きな石造りの城は、見る者を圧倒する迫力を醸し出している。

アーロンは門の前で一度立ち止まると、背後にいる僕たちのほうへ振り向いた。

「こちらがロイス城です。エミル様以外の方々は休憩室にご案内しますので、引き続き私についてきてください。物資はひとまず入ってすぐの部屋に運んでおきます」

僕はアーロンの言葉を聞いて、疑問に思い声をかけた。

「えっと……僕はついていかなくていいんですか？」

「はい。エミル様はまずアルベルト殿下のところに行ったほうがいいと思います。殿下は三階のお部屋にいらっしゃいますので、部屋まで別の者が案内しますね」

アーロンがそう言うと、別の騎士が現れてついてくるように促した。

なぜ僕だけ別行動なんだ、とは思ったが、何はともあれアルベルトに久々に会えるのだ。そう考えると、期待に胸が膨らんだ。


僕は騎士に連れられ城の三階に上がっていく。騎士はある部屋の前で止まると「こちらです」と言ってすぐに去っていってしまい、僕は扉の前で立ち尽くした。

久方ぶりだからなのか、それとも自分の気持ちを自覚して初めて会うからだろうか。不思議な緊張感があった。

僕は意を決して、部屋の扉をノックする。

「アルベルト様。失礼しても、よろしいでしょうか」

控えめに声をかける。

彼から入室の許可が出たら扉を開けよう——そう思っていたのだが……

「エミル」

僕が声をかけて一瞬もしないうちに、目の前の扉が開かれた。

数か月ぶりに聞いた、アルベルトの声。数か月ぶりに見た、アルベルトの顔。

彼と視線が合ってすぐ、僕は彼に優しく抱き寄せられた。

「……えっ!?」

「久しぶりだな。会いたかった」

アルベルトの腕の中に僕の身体がすっぽりと収まってしまった。そして彼の鼓動を感じるのと同時に、僕の心拍数が一気に跳ね上がった。

「ア、アルベルト様⁉」

「エミルは？　俺がいない間どう思ってた？」

抱きしめられたまま、まるで恋人同士のような甘い雰囲気に困惑してしまう。しかし何か言わないと、放してくれそうになかった。

「さ、寂しかったです……。早く会いたいと、僕も思っていました」

あまりの恥ずかしさに、どんどんと声が小さくなる。

しばらく抱きしめられたままだったが、少し経ってわずかに落ち着きを取り戻した僕は、まだここが扉の前——つまり廊下であると気がついた。

「ア、アルベルト様……すみません、とりあえず部屋に入りませんか？」

「あ、ああ……そうだったな。すまない」

幸いにも誰も通らなかったことに安堵する。アルベルトはゆっくりと僕を解放し、僕の手を取って部屋に入れてくれた。

部屋の中央には大きな机とそれを囲むようにソファーが置かれていて、僕たちはそこに向かい合って座った。

先ほどよりはマシだが、まだ顔が熱いし、鼓動が速いまま治まっていなかった。

僕はアルベルトの顔をまともに見られなくて、俯きがちに話を切り出した。

「先日は手紙をくださってありがとうございました。詳細はイザク殿下からも聞きました。どこまでお力になれるかはわかりませんが、医療品や食料などの物資や、必要な人員を連れてきたんです」

「ありがとう。ちょうど不足していたところだから、助かるよ」

「……それなら良かったです」

押しかけて迷惑にならないかとヒヤヒヤしていたので、彼の言葉にほっと胸を撫でおろす。そんな僕に、アルベルトは優しい口調で言った。

「それに、お前が来てくれたことが嬉しい」

「……え?」

「本当は俺から迎えに行こうと思っていたんだ。まさかお前から来てくれるなんてな」

実際に見られているわけではないからわからないが、アルベルトから熱い視線を送られている気がする。

まただ。恋人同士のような甘い雰囲気……

「い、いえその……僕も現地で従者として何かサポートできないかと思っていまして……。兵士の方への食事の準備とか、怪我の治療のお手伝いとか、なんでもお申しつけください。あ、実はマリア様からも治療薬をいくつかいただいているので、このあと皆さんに配ろうかと……」

僕はアルベルトを直視できず、ベラベラと捲し立てる。

「……ああ。何より心強いよ。でも、周囲のサポートはしなくて良い。それよりもお前には、ずっと俺のそばにいてほしいんだ」

「えっ？」

アルベルトがあまりにも真剣な声色で話すので、僕は思わず顔を上げた。アルベルトは僕と目が合うと、蕩けるような優しい笑みを浮かべる。

その笑顔を見た瞬間、再び体温が一気に上がったような感じがして——もう無理だ、と思った。

僕はその場ですっと立ち上がると、勢いよく早口で喋った。

「か、かしこまりました、なるべくおそばに控えておりますので、何かあったらお声がけください！　あ、そうだ！　早速ですが、紅茶はいかがですか？　き、きっといろいろあってお疲れですよね？　実は王都から美味しい茶葉を持ってきたんです、今から淹《い》れてきますね！」

「え？　いや、俺より今着いたばかりのお前のほうが疲れてるだろ。紅茶は別に……」

「いえ！　本当にオススメのものなので、今から持ってきます！　すみません、では一旦失礼します！」

「おい、エミル？」

きょとんとした表情のアルベルトを残して、僕はものすごい勢いで部屋を飛び出した。

急いで扉を閉め、扉に背をつけてずるずるとへたりこむ。

——もう無理だった。

突然抱きしめられたと思ったら、あの雰囲気で甘い言葉を告げられて。

鏡なんて見なくてもわかる。絶対に僕の顔は真っ赤。それに鼓動もドクンドクンと大きく音を立て、うるさい。

あのまま一緒にいたら、確実に僕の気持ちがバレてしまう。

どこの世界に、顔を真っ赤にしながら主人の話を聞く従者がいるというのか。

「ていうか、アルベルト様も何なんだよ……」

久々に会ったと思ったらこんな調子で、どう仕えていいのかわからない。それとも実は以前からこんな調子だったけど、僕が気持ちを自覚して変に意識をしているだけなのか。

「と、とりあえず、考えるのをやめよう」

とにかく今は自分自身を落ち着かせよう。僕は両手でパンと頰を叩いてゆっくり立ち上がり、お茶を淹《い》れるために食堂へと向かった。

＊＊＊

「……逃げられたか」

エミルが去って一人になってしまった部屋の中で、俺はひっそりと呟いた。

本当はもっと話したいこともあったし、言おうと思っていたこともたくさんあった。しかし考えてみれば、これから言う機会はいくらでもある。ひとまず今は、エミルと数か月ぶりに再会できたことの喜びを噛みしめよう。

「まさか、本当にここまで来てくれるなんて」

俺は自分の首元に手を当てた。そこには、エミルの渡したものと同じ、青い宝石があしらわれたネックレスがある。

チェーンを軽く引っ張り、宝石の部分に触れた。

『と、とりあえず、考えるのをやめよう』

頭の中に浮かび上がったのは、フラフラと立ち上がるエミルの姿。

「そろそろこの魔法も解除しておくか。バレたらさすがに引かれるだろうし」

俺がエミルに贈ったのは、魔力を込めた一対のネックレスの一つ。俺が宝石に触れるだけで、その時のエミルの言葉や行動が映像として頭に浮かび上がるのだ。

「もう二度と離れないから、こんなのに頼らなくてもいいよな」

俺は先ほどのエミルの様子を思い返していた。

俺と対面で話をしていた時の、手をもじもじとさせながら恥ずかしそうに俯いていた姿や、視線が交わった途端に目を瞠《みは》り、頬を紅潮させた姿。

それは俺がそばにいない間、エミルが聖女や兄と二人で話をしている時には見せなかった――俺だけに見せる姿だった。俺はその事実に、口角が上がるのを抑えきれなかった。

第六章　トゥルーエンドへ至る道

俺の周りには、いつも人がいなかった。

両親も、兄も、従者も、俺のことを避けていく。

向けられるのは、恐怖と嫌悪の目。口にされずとも、俺のことをどう思っているかなんてすぐにわかった。

幼い俺が縋るのは、わずかな可能性だけ。

闇魔法を使わず、言われた通りに勉強や鍛錬《たんれん》をする。

……そうすれば、いつかは皆に認めてもらえるのではないか。

そうやって自分に言い聞かせながら、絶望的な日々を過ごしていた。

――そんな俺の前に現れたのが、エミルだった。

「アルベルト様、お目にかかれて光栄です。アルベルト様にお仕えすることになりました、エミル・シャーハと申します」

初めて会った時は、随分素朴な少年だなと思った。

侍従長の息子と聞いていたから、いけすかない奴なのではないかと思っていたが、少年が向ける視線には、恐怖も嫌悪も含まれていないことに驚いた。

しかしそれは同い年ということもあって、まだ俺の評判を聞いていないだけなのかもしれない。実際に従者としてそばに控えるようになって、もし俺の身体に触れなければならない場面があったとしたら、逃げ出すかもしれない。一見純粋そうなこの少年だって、いずれ俺をあの恐怖と嫌悪の目で見つめるようになるはずだ。

この時は、そう思っていた。

しかし実際に向けられたのは、穏やかで好意的なまなざしだった。

「アルベルト様。本日も素晴らしい剣術に思わず見惚れてしまいました！」

剣術のことなんか、誰にも褒められたことはなかった。

「僕はアルベルト様に仕えられて、本当に良かったと思ってるよ」

他の従者から何を言われても、エミルは曇りのない笑顔でそう答えていた。

「怖くありません」

そして十年前のあの日。俺がエミルの手に触れてもなお、エミルは優しいまなざしで俺をまっすぐに見つめて、そう言ってくれた。

――初めてだった。

こうやって人に触れてもらうのも、人肌がこんなに温かいと感じることも。俺がほんの少しだけ握り返すと、エミルはそれに気がつき嬉しそうに微笑んでくれた。

その表情を見て、心臓が音を立てたのがわかった。

目の前が明るく広がっていくような、それでいて息が詰まるような、不思議な感覚。エミルに包まれた自らの手が、どんどん熱を帯びていったのを、今でも覚えている。

エミルが俺の手を拒まず触れてくれたあの日から、俺の世界は変わった。

「……おはよう」

「アルベルト様！　おはようございます！」

早起きが習慣になったことも、些細《ささい》な変化のうちの一つだった。俺から挨拶をすると、エミルが明るく満面の笑みで返してくれる。

その笑顔を見るだけで心が弾むのだから、不思議なものだ。

エミルは読書をする俺のそばで、静かに掃除をする。俺はそんなエミルを一瞥《いちべつ》すると、手元の本へ視線を戻す。

その日読んでいたのは、少年の勇者が悪の魔王を倒すといった、ありがちな冒険小説。家庭教師から読み書きの勉強として渡された本だった。

十歳が読める程度のものなので、そこまで小難しい話ではなかったように思う。しかし物語の展開が退屈で、途中で読むのをやめようかと思ったほどだった。

中でも一番つらかったのは、少年が仲間の女の子に恋心を抱く描写だ。魔王を倒したあと、少年はその子と気持ちが通じ合い無事にハッピーエンドを迎える。

そういった描写を見るたびに、胸が苦しくなる。

幼い俺でも、段々と理解し始めていた――男同士でしかも身分差がある恋なんて、どの物語にも描かれていないことに。

最後のページをめくると、ご丁寧に挿絵までついている。

それを見て、思わず顔を顰《しか》めた。

描かれていたのは、魔王を倒し平和になった世界。

主人公の少年が立派に成長し、最終的に仲間の女性と結婚して子を授かり、幸せそうに暮らしている場面だった。

パタン、と本を閉じる。先ほどまでのささやかな幸福感が、黒く塗りつぶされた気分だった。


——あの日から変わったのは、俺だけではなかった。

エミルは俺のために、俺がいかに素晴らしい主人であるかを周囲に語っていた。その努力のおかげで、俺に近づく従者が増えたのである。

「アルベルト殿下。お、お初にお目にかかりますっ！　メイドのニーナと申します。本日は給仕のサポートをさせていただきます」

ある日のランチの時間には、エミルと共に見慣れない少女が現れた。

三つ編みの少女は、明らかに緊張した様子で挨拶をしてくる。エミルはその隣でニコニコしていた。

「あ、ああ……よろしく」

不思議に思いながらエミルを見ると、エミルは笑顔で口を開いた。

「アルベルト様。ニーナは僕の従者仲間なんです！　デビューしたばかりですがテキパキと仕事をこなせるので、サポートしてもらおうと思いまして！」

「……そうか」

きっと、エミルなりに俺のことを考えて、周りの従者に声をかけてくれたんだろう。

自分だけではなく、他の従者も俺に接する場面が増えれば、王宮での『呪われた子』という噂を打ち消すことができると考えたに違いない。

――いつか皆に認められたい。

俺はずっとそのためだけに生きてきたから、きっと嬉しいと思わなければいけないのだ。それなのに複雑な思いが拭えなかった。

それから黙って椅子に座った俺を見て、二人はテキパキとランチの準備を進めていく。

息の合った動きと、交わされる会話からは、信頼や仲の良さが見てとれた。

その時、先ほどの挿絵とエミルの姿が一瞬重なって見えた。

幼い頃から一緒に過ごしてきた子と、大人になって温かい家庭を築く。異性で、身分差もない。

エミルの両親も侍従長と王妃付きの侍女という、従者同士での結婚だ。きっと周りからはなんの反対もなく、盛大に祝福されるだろう。

そう考えれば考えるほど、ナイフで心をズタズタに切り裂かれるような気持ちになる。

俺にはそもそもハッピーエンドなんて用意されてないのかもしれない。

ぼうっとしている間に、彩り豊かな料理が目の前に並べられる。俺は絶望的な気分を味わいながら、無理やりそれを口に入れた。

＊＊＊

俺の周りにエミルではない従者たちが、ちらほらと増えてきた頃。俺は依然として複雑な気持ちを抱えながら日々を過ごしていた。

「アルベルト殿下、もう最後までお読みになったのですか？」

この日は読み書きの授業があった。

課題として出された冒険譚の書籍を返すと、白髪交じりの家庭教師の男は感嘆の声を上げた。

「ああ。とりあえず読み終えたよ」

「なんと！　やはり殿下は素晴らしいですね。この年齢でここまでスムーズにお読みになって！　筋がいいんでしょうなあ」

言いすぎじゃないかというほどに褒め称えられる。しかし目の前の男は、どうやら本当にそう思っているらしい。

この男も当初は俺に対して怯えきっており、まともな授業ができたためしがなかったが……最近は、本来の家庭教師としての責務を全うしようとしているように思えた。

本格的に授業が始まり家庭教師が文法の解説を始めたので、俺は重要な箇所を紙に書き記していく。

静かな部屋の中にいると、自らがペンを走らせる音の他に、外からパタパタと忙《せわ》しなく駆けていく音や、かすかに従者たちの話し声が聞こえることもあった。

それもそのはずで、今日は廊下と中央階段で従者たちが一斉に掃除をしているのだ。エミルもそこに参加しており、俺の授業が終わったらすぐに合流するように言っていた。

――早く終わらないだろうか。

授業がつまらないわけではないが、こうやって離れるとすぐに会いたくなってしまう。終了の時刻が近づくにつれてそわそわしながら、エミルと合流するのを楽しみにしていた。

しかし、その気持ちはすぐに打ち砕かれることになった。

「本日はここまでにいたしましょう」

家庭教師にそう言われ、俺はすぐさま支度をし二人で部屋から出た。

扉を開け階段を見上げると、エミルは階上にいた。

エミルと、パッと目が合う。彼はすぐさま俺のほうへ向かうため、中央階段を下りようとした。

その時不自然にエミルの背後に回ろうとする人間が見えた。一瞬ぞわりと嫌な予感がしたが、声をかけようとする間もなく――ドン、という音と共にエミルの身体が宙に浮いた。

誰かに突き飛ばされたのだ。

「エミル‼」

このままでは勢いよく階段を転がり落ちてしまうだろう。

俺は考えるより先に、身体が動いていた。エミルに向かって手を翳《かざ》し魔力を放出する。

次の瞬間、闇属性の影がエミルを包みこみ、彼の身体を空中で支えた。

「はあ、はあ……」

一気に放出した魔力によって、凄まじい疲労感が襲う。

影に包まれたエミルが、状況を把握できていないのか困惑した表情で俺を見ていた。

――良かった。

一歩遅れれば、エミルは床に叩きつけられていただろう。俺は、エミルを助けることができたのだ。

安堵感に、身体から一気に力が抜けそうになるが、すぐに気を引き締め直す。

そうして影を操ってエミルを床に下ろそうとした時、誰かが叫んだ。

「殿下が闇魔法を使ったぞ！」

その言葉を聞いて、段々と冷静になり、俺は客観的に今の状況を見つめた。

周囲の従者たちは、化けものを見るような目つきで俺を見ていた。次々に、「なんて恐ろしい」「呪われてしまう」と口にする。

俺はそうして、理解した。

――ああ、ついに王宮で自分の力を使ってしまったのか。

『いつか皆に認められたい』

そのために、闇魔法を使わないと誓っていたのに。こんな大勢の前で使ってしまったら、皆に認められるなんて絶対に叶わないだろう。

しかし俺はどこか、他人事《ひとごと》のように感じていた。なぜか平静を保っていられたのである。

それよりも、驚いた様子で俺を見つめるエミルは、闇魔法を使った俺のことをどう思っているのだろう。

いくら助けるためだとはいえ、おぞましい力を自分に使われてしまったことを嘆くだろうか。俺のことを、恐怖や嫌悪の対象として見るだろうか。

そう思うと、あまりの恐ろしさに、目の前が真っ暗になるような感覚がした。

俺はエミルを床にそっと下ろし、すぐさま駆け寄る。

大丈夫かと声をかけると、エミルは腕を押さえながらかすかに笑みを浮かべた。

「大丈夫です。ちょっと腕を打っただけで。アルベルト様、本当にありが――」

「おい、アルベルト」

その時エミルの言葉を遮るように、何者かに話しかけられた。

それと同時に周囲の従者たちが、より騒がしくなったのがわかった。

いちいち声の主を確認しなくても、誰かはわかる。おそらく俺のことを世界で一番嫌っている人間だ。

「兄さん」

ゆっくりと中央階段の上を見上げると、予想通りの人物がそこにいた。

俺はなんとなく理解していた。エミルの背後に回り突き飛ばした張本人はすでにこの場にいなかったが、その指示をしたのはこの兄であろうと。

兄は呆れたように言葉を発する。

「王宮で闇魔法を使うとはな」

「……今使わなければ、俺の従者が大怪我をするところでした」

「本当か？　ただ単にお前が使いたかっただけじゃないのか？」

俺は怒りでどうにかなりそうなところを、ぐっと堪えた。

「……まあいい。神聖な王宮で汚らわしい力を使ったことは、国王陛下と王妃陛下にしっかり報告しないとな」

俺は兄の言葉にただ黙っていた。

兄はそんな俺を見て、満足そうに笑う。きっと闇魔法を使ったことで、両親から見捨てられるのを俺が何よりも恐れていると思ったからだろう。

しかし今の俺の感情は、兄が思っているようなものではなかった。

たしかに、以前は一番恐れていた。従者たちに、兄に、そして両親に見放されることを。

その危機に瀕しているのに、やはり今の俺は胸の痛みも何も感じなかった。

「イザク殿下……！」

エミルは尊大な言い方に我慢ならなかったのか、兄に対して反論しようとする。

「エミル。もういい」

従者が第一王子に噛みつくようなことは許されない。

とっさに止めたものの、エミルがかばおうとしてくれたことが、俺にはどうしようもなく嬉しかった。

俺が何も言わないことにさらに愉快な気持ちになったのか、兄は上機嫌で去っていく。それを見ると、周囲の従者たちも逃げるようにいなくなった。

ついに二人きりになった状況で、エミルと向かい合う。

――エミルは、闇魔法を使った俺を、どう思っているんだろう。

本当は、呪われた俺から今すぐにでも離れたいと思っているのかもしれない。元をただせば、エミルが突き飛ばされたのだって俺と一緒にいたせいだ。

だけど俺はただお前を助けたかっただけなんだ。それだけは伝えておきたくて、俺は弱々しく訴えかける。

「その……悪かったな。お前に触れたのはたしかに闇魔法の影だが、影に触れられただけで呪われるわけではないんだ。だから安心してくれ」

口に出した言葉は、予想以上に悲痛さを含んでいた。

俺の言葉に、エミルはショックを受けたように目を見開く。そして彼は、声を荒らげた。

「アルベルト様は呪われていません！」

エミルのまっすぐな視線に射貫《いぬ》かれる。

エミルは茫然とする俺に対し、必死に言葉を紡いだ。

「それに、アルベルト様の力も呪われていません！　アルベルト様が助けてくれなかったら僕は確実に大怪我をしていました。打ちどころが悪ければ死んでいたかもしれません。それを助けてくれた力が、呪われているわけがありません！」

そうしてエミルは声を張り上げ、はっきりと告げた。

「アルベルト様の力は、人を救える力です！」

俺はその言葉を聞いて、目の前の闇が明るく晴れていくような気がした。同時に、今まで味わったことのないような、強い安堵と幸福感に包まれる。

——この時ようやく気がついた。

もう俺は、皆に認められたいわけではないんだ、と。

俺はエミルに……エミルに認めてもらえれば、それだけでいい。たったそれだけで誰にどんなことを思われようと、どうでもいいんだと。

だから、先ほど周囲の人間から闇魔法のことをどれほど悪く言われても、心が痛まなかったのだ。

「……すごい必死だな」

声を張り上げたせいか、肩で息をしているエミルの姿に、俺は思わず呟いた。

エミルは途端に恥ずかしくなったのか、顔を赤らめる。

「『人を救える力』か。……そんなことを言われたのは初めてだ。お前を守れる力だと思えば、案外悪くないかもしれないな」

この力は、生まれた時から俺を苦しめてきた。

今すぐに捨て去ってしまいたいと、何度思ったことだろう。

けれども、この力があれば……エミルを守ることだって、できるかもしれない。

——この力を持っていて良かった。生まれて初めてそう思えた。

ほんのりと頬を染めたエミルを前に、俺は憑きものが落ちたかのように晴れやかな気分で笑った。

＊＊＊

エミルが階段で突き飛ばされた日の夜。

俺は一人自室から抜け出して、ある部屋に忍びこんでいた。満月の光がひっそりと差しこむ、兄――イザクの寝室だ。

兄の寝室に入るのは拍子抜けするほど簡単だった。部屋の扉の前に立つ護衛を闇魔法で操り、ただ眠らせるだけで良かったから。

俺は部屋に侵入し、ベッドに横たわる兄のそばに近づく。兄は仰向けになり、すうすうと呑気に寝息を立てていた。

俺は枕元に佇《たたず》み、様子を窺《うかが》う。少し前までは目の前の男が絶対に逆らえない人間だと思っていたのに、今は不思議と、ただのちっぽけな子供に見えた。

「ん……？」

さすがに人の気配に気がついたのか、兄の瞼《まぶた》がぴくりと動く。そのまま目が開き、俺とちょうど目が合った。

「ひっ⁉」

兄は素早く起き上がり、ベッドから転げ落ちるようにして俺との距離を取る。その瞳には間違いなく恐怖が宿っていて、少しだけ愉快な気持ちになった。

「あ、アル、ベルト……？　な、なんで俺の部屋に」

俺はその言葉に反応せず、兄を見ながらただその場に立ち尽くす。

兄は魔法が使えない。そもそも、使えたとしても俺には絶対に敵わない。兄は混乱する頭でようやく状況判断ができたのか、護衛を呼ぼうと声を張り上げようとした。

しかしそれを妨げるため、俺は兄に向けて自らの手を翳《かざ》した。

「うっ⁉」

対峙する兄の背後から発生した黒い影は、蛇のように兄の身体に巻きつき口を塞ぐ。

声を上げられなくなった兄に向けて、俺は静かに話しかけた。

「……兄さん。扉の前の護衛は全員俺の魔法で眠っています。大声はちょっと耳障りなので、黙っていてもらえますか？」

「うっ、げほっ」

兄は口を塞がれ息苦しくなってきたのか、それとも恐怖からか、涙ぐみ必死に抵抗を試みる。

その様子を見て、兄の口元にある影だけを消す。

ようやく息苦しさから解放された兄は、ついに一筋の涙を流し懇願し始めた。

「た、助けて……」

これまでの態度から一変して、弱く情けない兄。その姿を見ても、俺の心は微動だにしなかった。

むしろ、怒りが増してくるような気さえしてくる。

俺は兄の言葉を無視して影を操り、兄の身体を天井ぎりぎりまで宙に浮かせた。影をほどこうと抵抗していた兄も、宙吊りにされた恐怖からか身体を強張らせる。

俺は兄を見上げながら、ゆっくりと言葉を紡いだ。

「兄さん。今、天井近くまで持ち上げていますけど……ここから地面に叩きつけられたら、どうなると思いますか？」

俺の言葉に、兄の目が見開かれる。

「どうなるって……。ここから落とされて頭でも打ったら……」

「打ったら？」

「最悪、し、死んじゃうかも……」

「そうですね。さすがにそれくらいの想像力はあるみたいで良かったです」

そう言って俺が口角を上げると、兄は明らかに怯えた表情を見せた。

このままだと殺されかねないとでも思ったのか、兄は急に饒舌《じょうぜつ》になった。

「アルベルト、こんなことしてるのって、昼間のことのせいだよな!? 皆が見てる前でお前をけなすようなことを言って、本当にごめん。闇魔法を使ったことも、お父様やお母様には言わないから！」

「……はあ？」

どうやら兄は、闇魔法のことを『汚らわしい力』と言ったことに対して俺が報復をしている、と思っているらしい。

そのあまりにも的外れな発言に、俺は怒りで心が沸騰するような感覚を覚えた。

「もしかして、俺が皆の前で闇魔法を『汚らわしい力』だなんだと言われたから、こんなことをしているると思っているんですか？」

「違うなら、なんで……」

兄は困惑した様子で呟く。本当にわからないのか、と俺は苛々しながらも答えた。

「昼間エミルを突き飛ばした奴は、あなたの従者でした。エミルを突き飛ばすように指示を出したのも、兄さんでしょう？」

「あっ、それは、その……」

兄は目を泳がせてあからさまに動揺していた。やはり図星だったらしい。

「俺が許せないのは、エミルに手を出したことです。エミルはもっと高い場所から、あんたの指示で突き飛ばされたんですよ。下手したら、死んでいたかもしれない」

昼間の光景が、ずっと脳裏に焼きついて離れなかった。エミルをあんな目に遭《あ》わせておきながら、のうのうと過ごすなんて許せない。

それに、もしエミルに危害を加えた人間をそのまま放置していたら、きっとまた同じようなことが起こってしまう。

「俺のことはどう思おうが、どう言おうが構いません。それに、闇魔法を使ったことだって、どうぞお父様とお母様にご報告ください。だけど、次にエミルに危害を加えようとしたら」

俺は自らの感情を言葉に乗せ、はっきりと兄に告げた。

「――今度はあんたを叩き落としてやるから、覚悟しておけよ」

兄はようやく俺の意図を理解したのか、怯えきった目で俺を見て、何度も首を縦に振った。

＊＊＊

エミルが突き飛ばされてから、一週間が過ぎた。

王宮で闇魔法を使ってからは、近くにいるようになってきた従者たちの姿はすっかりなくなっていた。残っているのは、エミルと、家庭教師などの元々関わりがあったごく少数の者たちだけ。

しかし俺の心は今までにないくらい落ち着いていた。エミルに他の人間が近づかないこの状況がとても心地好かった。

「腕の怪我、やっぱりまだ痛むのか？」

ある朝、二人きりの自室で俺はエミルにそっと声をかける。

先ほどまでとりとめのない話をしていたのだが、エミルが無意識に腕を手でさすったのを見て、ふと気になったのである。

階段で打ちつけてしまったエミルの腕は、直後は痛々しく腫れ上がっていた。

そのため当初は、腕を使うような業務はさせないようにしていたが、最近はほとんどの仕事を問題なくできるようになったらしい。

「アルベルト様、ご心配ありがとうございます。でも、痛みはずっとましになりましたよ！　ほら」

エミルは明るく言うと、袖を捲って腕を見せた。

たしかに最初の頃よりは良くなっているが、打った箇所がまだ黄緑色に変色していた。俺の力ではこの怪我を治すことも、痛みをなくすこともできないのがもどかしい。

「まだ痕が残っているな……」

「え？　まあそうですけど、本当に軽い打撲でしたから大丈夫ですよ」

顔を顰《しか》めた俺を見て、エミルはなんてことないように言った。

「あ、そうそう。本日ですが、午前中は授業があって、午後に剣の鍛錬《たんれん》を予定しています。そろそろ先生のもとへ向かわないといけないですよね。その教材、すごくたくさんあるみたいなので、僕がお持ちしますよ」

エミルがそう言って視線を向けた先には、分厚い教材がいくつも積まれていた。

「それにしても、もうこんな難しい書籍をお読みになっているんですか？」

エミルは書籍の山に近づくと、一冊ずつそれを手に取り表紙を確認していた。

「経営、会計、外交、地理、歴史……完全に大人向けというか、領主の方が読む本ですよね？　課題としては難しすぎるんじゃ……」

「いや、自分から学びたいと言ったんだ。将来的に必要になりそうだからな」

「な、なるほど？　ついこの前まで冒険譚を読まれていたのに、すごいですね……」

エミルは信じられないといった様子で、書籍をまじまじと眺めていた。俺はそんなエミルに声をかける。

「エミル、本は自分で持っていくよ。俺に同行しなくていいから、お前は部屋にいてくれ。俺が出たら、鍵をかけるのも忘れないでくれよ」

「えっ！　今日もですか!?　もうさすがに大丈夫な気がしますけど……？」

「あんなことがあって、まだそれほど経ってないだろ。俺がいない間に、お前に危害を加える奴がいてもおかしくない。まだしばらくは同行せずに、部屋にいてくれ」

「そうかもしれませんけど……かしこまりました。じゃあ、お昼頃に戻ってきてくださいね」

一緒に行きたかったのに……、とエミルは不貞腐《ふてくさ》れていたが、これぱかりは仕方がなかった。

イザクは俺の脅しにかなり怯えていたようだったので、さすがにまた仕掛けてくるということはないと思うが、念には念を入れなければ。

俺がいない間にエミルに何かあったらと思うと、気が気ではなかった。


その日の授業を終えた俺は、自室へ向かっていた。

廊下の角を曲がりエミルが待つ部屋の扉が見えてきた時。廊下の隅で隠れて部屋の扉をじっと見ている奴がいた。俺の場所からでは、顔までは見えない。

――まさか、兄さんの差し金か？

いずれにしても確認しなければ。警戒心を強めその人物に近づく。

しかし俺の目に飛びこんできたのは、見たことのあるおさげ髪だった。

「君はたしか……、ニーナだったか？」

「あっ！　アルベルト殿下……！」

記憶を辿《たど》り名前を呼ぶと、おさげ髪の少女、ニーナは動揺を露わにした。俺は不思議に思い、ニーナに問いかけた。

「なぜここに？」

「で、殿下。申し訳ございません！　その……エミルが階段から足を踏み外して怪我をしたと聞いて、大丈夫かなと思って。殿下のお部屋の前にいれば、どこかのタイミングでエミルが出てくるんじゃないかと待っていたんです」

「あぁなるほど……そういうことか」

俺はその言葉を聞いて、思わず感心してしまった。

こんな状況でも相手のことを心配して見に来るとは、なんて美しい友情なんだろう。……もしくは、エミルに恋心を抱いているのだろうか。

——エミルが突き飛ばされたあと、俺は二つのことを裏で行った。

一つ目は、イザクがエミルに二度と手を出せないようにすること。

二つ目は、俺の噂に尾ひれをつけて、俺とエミルをさらに王宮内で孤立させること。

『第二王子アルベルトは呪われた力を持っている』という元々の噂に加えて、あえて『一緒にいる者にも呪いがうつっている』と吹聴《ふいちょう》した。

エミルが兄の従者に突き飛ばされたことは、当然ながら王宮内では隠されており、知られていない事実だ。

そこで『一緒にいる者にも呪いがうつっている』と言うことで、周りの奴らはエミルにも呪いがうつり、不幸が続くようになったのではないか、と考えるはず。

さらに俺が闇魔法を使ったタイミングということもあり、こんな人間たちに近づけば、自分も呪われてしまうかもしれない——そう思わせることができたのだろう、もはや誰も俺たちに近づかなくなった。

しかし、どんなことにも例外はある。

このニーナという少女は、俺が闇魔法を使ったことや、そのような噂が広まっている状況にもかかわらず、エミルが心配で近づいてきたというわけだった。

俺は一歩ずつニーナに近づきながら、穏やかに伝える。

「ニーナ。エミルは不幸中の幸いで、腕の打撲だけで済んだんだ。今は打撲の腫れも引いてきているから、そう心配するな」

ニーナは怯えたように後退《あとずさ》ったが、エミルのことを聞くと安堵の表情を浮かべた。

「あ、そうだったんですね……。怪我がどのようなものなのかもわからなくて、心配だったんです。殿下、ありがとうございます」

「ああ。それにしても、君たちは随分仲がいいみたいだな。心配してここまで会いに来るなんて」

「い、いえいえ、会いに来るといいますか！　す、少し様子が見られたらいいなと思っただけでして……」

そう言ったニーナの頬が、かすかに赤く染まったのがわかった。その瞬間、俺の中でどす黒く、醜い感情が沸き上がる。

——このままだと、奪われてしまう。

「ニーナ。友人を心配するのはいいことだが、近づく人間は考えたほうがいいな。俺とエミルが今、皆からどんな風に言われているか知っているか？」

俺はニーナにさらに近づくと、少女の肩にほんの少し触れて目を合わせた。

『第二王子アルベルトの呪われた力は、専属従者であるエミルにもうつっているので、迂闊《うかつ》に近づかないほうが良い』」

そう言うと、ニーナはしばらくぼーっとしていたが、ふと、それまでの興味が失われたように表情をなくし、言葉を発した。

「……たしかに仰る通りです、殿下。もう、エミルには近づかないようにします」

ニーナは俺にお辞儀をすると、すぐさま去っていった。

「……なんだ。洗脳って、案外簡単にかかるんだな」

俺は去っていくニーナの後ろ姿を見ながら、ぽつりと呟く。

しん、と静まり返った廊下で、俺はエミルのいる自室の扉に、視線を向けた。

醜い感情だとわかっているのに、この扉の先でエミルが俺だけのことを待っていると思うと、どうしようもなく嬉しかった。

俺は知ってしまったのだ。

俺にはエミルだけがいればいいということ。

そして、二人だけの空間がいかに心地好いかということを。

エミルをどのような危険からも守ってあげたい。

そう思うのと同時に、俺だけのものでいて俺だけを見てほしい。

——そんな二つの気持ちが混ざり合っていた。

二人きりの世界を作ることができれば、両方叶えられるのに。

まるで性別や身分差がないように、あの冒険譚の男女のように。俺たちが一緒にいることを誰からも妨害されない世界を。

そしてその世界で、いつまでもエミルと過ごして、エミルのことを幸せにする。

それがきっと、俺の幸せなのだ。

俺はこの時、決意した。

俺にとってのハッピーエンドは、どんなに待っていたって、やってはこない。それならば、自ら手繰《たぐ》り寄せるしかないのだ。

闇魔法も、これまで学んだ知識も、俺が持つすべてを使って、ハッピーエンドへ至ってみせると。

＊＊＊

ようやくハッピーエンドへの糸口を見つけたのは、それから五年後。俺が十五歳になった頃だった。

ある新聞記事が世間を賑わせたのだ。

『ロイス辺境伯、馬車の落下事故で死亡』

大きな見出しで書かれたそれは、衝撃的なニュースだった。

詳細を読むと、辺境伯が領地から乗った馬車が、移動中に御者《ぎょしゃ》の確認ミスによって崖から落下したというのだ。

——これは、うまく使えるかもしれない。

俺は新聞を手にして、早速家庭教師のもとに向かう。

部屋に入ると、教師は俺の手元の新聞を見てすぐさま声をかけてきた。

「殿下。私も、今朝そのニュースを確認しました。まさか、ロイス辺境伯が事故に遭《あ》われるなんて」

「ああ。俺も本当に驚いたよ」

「それにしても、ロイス領は大丈夫なんでしょうか。息子のガイア様が爵位を継ぐことになりますが、彼は相当な放蕩息子のようですから、あの重要な地を統治できるような方には到底思えませんん……」

家庭教師は悲痛な面持ちで語る。

実は事故に遭《あ》ったロイス辺境伯——ギーク・ロイスとは、年に一度の王宮舞踏会で話をしたことがあった。貴族の中では珍しく、闇魔法を持つ俺に話しかけてきた人物だったから、印象に残っている。ギーク自身は優秀で物腰も柔らかく領民から慕われていた。

一方で、その息子であるガイア・ロイスの評判は芳《かんば》しくない。今年で二十歳になる彼は、ギャンブルと女遊びに明け暮れ多額の借金をしているという噂まであった。

俺は息子のガイアとは一度も会ったことがない。彼は一度も王宮舞踏会に参加せず、会う機会がなかったからだ。

意気消沈気味の家庭教師を見て、俺は考えていたことを口にした。

「なあ。これ、本当に事故だと思うか？」

「……どういう意味でしょうか」

「ガイアが事故に見せかけて、父親を殺したんじゃないかってことだよ」

「殿下……一体何を仰るんですか⁉」

信じられない、といった目で教師は俺を見つめる。

当然、それはまだ妄想の域を出ないものだ。しかしっかりと突き詰めていけば、必ず何かが出てくるような気がした。

「前々から疑問だったんだよ。いくら放蕩息子とはいえ、大貴族の後継者であるガイアがなぜ一度も王宮舞踏会に参加しなかったのか」

教師は俺の言葉を聞いて自らの顎に手を当て、考えるそぶりを見せる。

「……それは、本人が拒んでいたのでは？」

「いや。王宮舞踏会は、貴族同士の人脈形成と婚約者探しという二つの目的がある。だから、後継者かつ結婚適齢期にあるガイアなら、貴族として何よりも優先させなければいけないイベントなんだ。もし本人が拒んだとしても、普通は父親が無理やりにでも参加させる」

「でも実際には、ガイアは一度も王宮舞踏会には顔を出さなかった……」

「そう。だから俺は、父親であるギークがあえて参加させなかった……つまりガイアにロイス領を継がせる気がなかったんじゃないかと考えてる」

俺の言い分に、少しは納得するところがあったらしい。教師は頷いて、ぶつぶつと呟いた。

「たしかにギーク様は優秀な領主でしたから、ガイア様の度重なる愚行に大事な領民を任せられないと判断するのもわかります。とはいえ長子に爵位を継がせないということは、完全に親子の縁を切ることになりますよね」

「そうだな。じゃあここで視点を変えて、ガイアの立場で考えてみよう。もし自分が多額の借金を抱えていて、さらに父親が自分に爵位を継がせる気がないとわかったら、どうする？」

教師は俺の問いかけに、恐る恐る答える。

「それは……爵位を継げない自分は今後確実に、今のような生活ができなくなる。もしかしたら、借金まみれのまま惨めに暮らさなければならない。だったら父親を殺して、自分が辺境伯になってしまえば……」

「そう。それが、今回の事件に繋がったのかもしれない。……もちろん、ただの推測だがな」

教師は動揺した様子を隠すことなく、深いため息をついた。

「たしかに、その可能性はあると思います。ただ、仮にそうだったとしても、私たちには何も……」

教師は途中で口を噤んだが、その先に言おうとしたのは、「私たちには何もできない」もしくは、

「私たちには何も関係ない」ということだろう。

実際、貴族間で邪魔者を排除しようと画策するのは珍しくない……それがたとえ実の親子であってもだ。部外者が憶測を話すことに、なんの意味もないと思っているのかもしれない。

「本当に、俺たちにはなんの関係もないと思うか？」

俺は弱気になる教師に言い聞かせるように、はっきりと告げる。

「君も言っていた通り、ロイス領はかなり重要な土地だ。農産物や鉱産物だけじゃない。何よりそこは国防の要《かなめ》だろ？　そこらの領地とは国全体に及ぼす影響が明らかに違う。そんな領地を治める人間が自らの私利私欲のために動く奴だとして、本当に大丈夫だと思うか？」

「それは……」

教師は一瞬目を丸くして、自らを恥じるかのように俯く。

そしてしばらく考えこんだあと、まっすぐに俺を見つめた。

「……しかし、どうするおつもりですか？」

「まずは、ガイアが辺境伯になってからのロイス領の収支や生産量の情報を集めて、不審な点がないか確認していきたい。ガイアも中央に納める税を減らすような馬鹿な真似はしないだろうが、もし何か思惑があって辺境伯になったのなら、どこかで必ず不審な動きをするはずだ」

教師は同意するように、ゆっくりと頷いた。

「不正の証拠が上がれば俺が陛下に進言する。陛下に許可をもらって、現地に間者でも送りこんで調査をすれば、ギークが亡くなったのが本当に事故だったのかも明らかになるはずだ」

「殿下……」

俺が説明し終わると、教師は俺をじっと見て感動したように声を震わせた。

「殿下がこの国のことを思って、そこまで動こうとなさるなんて……。私、自分が恥ずかしくなってしまいました。私にもどうかお手伝いさせてください」

教師から見た俺の姿は、国の未来のために最善を尽くそうとする第二王子……といったところだろうか。

「ああ、頼もしいよ。まずは、新しく辺境伯になるガイアの動向を探っておいてくれるか？」

「承知いたしました」

教師は俺の言葉に、意気盛んに答える。

俺一人では動くのに限界がある。この計画のためには、まずは協力者を探して、情報を集めることが必要だった。

＊＊＊

——ガイアがロイス辺境伯となり、半年後。

「陛下。本日は貴重なお時間をいただきまして、誠にありがとうございます」

「……ああ」

この王宮の中で一層豪華で威厳の漂う玉座の間。

王はその玉座にゆったりと腰かけ、俺の挨拶にそっけなく返事をした。眉間に寄せられたしわが、近寄りがたい雰囲気を醸し出している。

謁見の申し入れをしたのは、もちろんロイス領のことを話すためだった。

やはり俺の推測通り、ガイアがロイス辺境伯となり半年も経つと、不審な点が数え切れないほど出てきた。

教師と調べた結果、ロイス領の実際の収入と、王都に納められた税に乖離があった。それはつまりガイアが横領や改ざんをしていることの証明だった。

「……それで？　ロイス辺境伯のことを話したいそうだな。一体なんだ？」

久々に会った親子がするような会話は一切存在せず、王は早速本題に入る。

俺が陛下に謁見の申し入れをするなんて初めてのことだった。さらに言えば、もう数年は二人で話をしたことなんてない。改めて考えると、随分冷え切った関係であった。

俺は王に促され、すぐさま持参していた資料を差し出した。

「……これは？」

「結論から申し上げます。それは、辺境伯の爵位を継承されたガイア・ロイス辺境伯が、不正をしている可能性を示した資料です。彼には、多額の税の横領や文書の改ざんをしている疑いがあります」

「……ほう？」

そばで控えていた宰相や護衛の騎士たちが、目を丸くして俺を見た。どちらかといえば、話の内容というよりも、それを俺が言ってきたことに対して驚いているようだ。

王は渡した資料を確認し終わると、はあ、とため息をついた。

「……なるほど。これはたしかに、かなり悪質かもしれないな。こちらでも正式に調査するから、この案件は預からせてもらおう」

王の反応は、非常に薄いものだった。

それもそうだろう。不正会計なんてものは、大小はさまざまだが、多くの貴族がやっている。だが、税をしっかり納めてくれさえすれば細かいことはいちいち指摘しないのだ。ここでは「預かる」とは言ったが、きっとまともに調査なんてしやしない。

しかし、もう一つの可能性はさすがに無視できないだろう。

「実は、それだけではないのです」

「まだ何かあるのか？」

「彼は、前辺境伯——つまり自らの父親を事故にみせかけて、殺害した可能性があります」

今度は周囲の人間たちも、明らかにざわめき始める。王は恐ろしいものを見るかのように、俺を睨みつけた。

「お前、自分が何を言っているのかわかっているのか……？　いくら王子と言っても、根拠のない憶測は許されないぞ。何か証拠でもあるのか？」

「ございません。仰る通り、今はただの憶測です。しかし、ガイア・ロイスには前辺境伯を殺害するだけの十分な動機があります。ガイアが多額の借金を抱えていたことは、陛下もご存じでしょう」

王は怪訝そうな顔でただ黙る。それを意に介さず、俺は自分の考えをはっきりと告げた。

「大体、前辺境伯のように慎重で優秀な男が、馬車の操作もろくにできない御者《ぎょしゃ》に任せていたなんて考えられますか？　悪意のある内部の人間が、御者《ぎょしゃ》を替えたという可能性は否定できないでしょう？」

「……まあ、ゼロではないな」

俺の発言を聞いて前辺境伯の人柄を思い出したのか、王は少しだけ聞く耳を持ってくれたらしい。好機とばかりに、俺はさらに続けた。

「もし前辺境伯を殺したうえ平然と横領を繰り返すような人間が、国防の要《かなめ》であるロイスの領主の立場でいれば、この国は大変なことになります。私の言っていることが、ただの憶測か否か。それについて、どうかお調べいただきたいのです」

俺の言葉に多少なりとも思うところがあったらしい。王は今度こそ真剣な面持ちで、隣にいる宰相と相談すると、口を開いた。

「わかった、いいだろう。だが、お前はどうやって調べるつもりだ？」

「ロイス領にこちらから一人、間者を送りこむのはいかがでしょう。現地で起こったことですから、我々もその場所で調べる必要があります。それに、領民が今どのような暮らしをしているかも確認が必要です」

「それもそうだな。いかんせん、辺境の地でこちらも情報が集めにくい。間者を用意させよう。……この件はお前が先導したほうが良さそうだな。指示は任せるから、間者からの連絡はお前にいくようにしよう」

「ありがとうございます」

――いい流れになったな、と思った。

これであれば、もっと踏みこんで提案しても大丈夫そうだ。

「陛下。実は一つ、お願いがあるのです。もしガイアがこのまま不正を繰り返し、かつ、前辺境伯を殺害した事実が本当にあったなら……」

「……なんだ？」

王は訝しげに、俺をぎろっと見つめる。

俺はその視線を、はねのけるように言い放った。

「ガイアからのロイス領の奪還と解放を、私に任せていただけませんか？」

その言葉に目を剥いた王は、ぽつりと呟く。

「お前に……？」

「はい。ぜひ私に、お任せいただきたいのです」

俺は念を押すように、はっきりと告げる。

しばらく悩んでいる様子の王だったが、俺の姿勢に根負けしたのだろう。やがてため息をついて首を横に振った。

「……わかった、それも許してやろう。元々お前が持ってきた件だ、もし必要になればお前が兵を率いて行け。ただしそれを許すのは成人になってからだ。年端も行かぬ子供に先導役を任せるわけにはいかない。もしそれまでに出発する必要があるなら、イザクに行かせることにする」

成人。ということは十八歳。期間としてはあと二年半程度。

条件をつけられてしまったのは面白くないが、俺は一人の大貴族を廃そうとしている。間者を送りこんで確たる証拠を集め、こちらも解放の準備をするには、それくらいの期間は見ておいたほうが良いだろう。

さらに、もうすぐ成人になる兄のイザクは言うまでもなく大事な次期国王。経験を積ませるにしても、実際にこのような辺境の敵地に放りこむとは考えづらかった。

「提案を受け入れていただき、感謝申し上げます。では、何か動きがあればご報告させていただきます」

「ああ、よろしく頼む」

「ありがとうございます。……それでは私はこれで」

ひとまず、約束を取りつけられたことに安堵した。

俺は王に向かって礼をして、玉座の間から下がろうとした。

「――待て」

しかしそれを遮るように、王の声が謁見の間に響く。

俺がゆっくりと視線を戻すと、王はかすかに笑みを湛《たた》えながら鋭く言い放った。

「アルベルト。それで、お前の狙いは何なんだ？」

どうやらこの人は、息子が国のために力を尽くそうとしているとは解釈してくれないらしい。

俺は思わず苦笑いを浮かべて、肩を竦《すく》めながら口を開いた。

「狙い、というと？」

「なぜお前がここまでロイスのことを調べ上げ、わざわざ解放までしようとしているのかが気になるんだ。解放した先に何かお前が欲するものがあるんじゃないかと思ってな」

王の言う通り、別に俺はこの国のためにロイス領を守りたいだとか、そんなことはこれっぽっちも考えていない。

変なところで、勘の鋭い人だ。

取り繕っても仕方がない。俺が本心を話さなければ、帰してくれそうになかった。

「狙い、と言いますか。もし実際に解放のためロイス領へ赴《おもむ》くことになれば、陛下に交渉させていただこうと思っていたことはあります。とはいえ、まだロイス領の解放が必要かどうかわからない段階でしたから、お伝えするのを控えておりました。今ここで、お話ししてもよろしいでしょうか」

「交渉だと？　……言ってみろ」

訝しげな陛下を前に、俺は一呼吸置いて告げた。

「もし私がロイス領を無事解放させることができた暁には、この王宮を出て、ロイス領主として一生暮らしていきたいのです」

その瞬間、玉座の間がしんと静まり返る。

王は無表情だった。怒りなのか、呆れなのか、はたまた別の感情からか。

「王族としての立場を、放棄したいということか？」

「仰る通りです」

「……そのようなことを言って、我が受け入れるとでも？」

俺にとって、ここが正念場だった。俺が望むハッピーエンドは、この王宮にいては絶対に叶わないものとわかっていたから。

しかし王であるこの人に、感情論は通じない。俺はここで相手に響くような交渉をする必要があった。

「はい。なぜなら、これは私にとってだけではなく、陛下にとっても利のあるお話だからです。厄介な存在をなんの犠牲もなく王宮から追い出し、国防を強化することもできる。そのような好機なのです」

「……つまり？」

王は相変わらず無表情だった。しかし、冷たいブルーの瞳の奥に、興味が宿っているのを感じ取った。

「陛下はずっと、私のことを王宮から追い出したいと考えていたのではないですか？」

俺の発言に王は目を瞠《みは》る。俺はまっすぐに王を見ながら、言葉を続けた。

「仮に外から敵がやってくるのであれば、戦略を立て強大な武力を向ければいくらでも対抗することができる。しかし敵が身内にいる場合はそうはいきません。いくら強大な国家で優秀な王だとしても、それに対処することは難しいのです。だからこそ私のように闇魔法でいとも簡単に洗脳ができる人間が内部にいることは、陛下にとっては脅威でしかなかったはずです」

王は黙っていたが、その沈黙が肯定であることは明らかだった。

「しかし、第二王子をなんの理由もなく追い出すことはできません。国民から不信感を持たれることになる。だからこそ、国王陛下や王妃陛下は、私のことを生かさず殺さず、関わらないでいることしかできなかった――違いますか？」

俺がいかに学業や剣術で優れていたとしても、我が子に触れようとしないどころか無関心を貫いてきた両親。

沈黙のままの王に対し、捲し立てる。

「しかし、今回のロイス領の件を利用すれば、陛下はお悩みを解消することができます。陛下は、脅威となる私を王都から一番遠い場所に定住させることができる。そして国民から見た私は、苦しんでいる民のため辺境の土地を立て直すことを決意した第二王子。これは、支持を得る機会となるでしょう。さらに言えば、私が国防の要《かなめ》となる場所にいることで、他国への牽制にもなるでしょうね」

俺は一呼吸置いて、王に問いかける。

「さて、どうでしょう。陛下にとって、私が王族として近くにいることと、王族としての立場を放棄すること。天秤にかけて……利が大きいのは？」

俺が言い終えると、玉座の間に重苦しい沈黙が広がっていった。しばらくして、王が静寂を破る。

「……お前が他国と組んで、王都に攻め入る可能性は？」

やっと口を開いたと思ったら、このような言葉が出てきたので驚いた。どうやら、相当疑り深い性格のようだ。こうして直接話をして初めて、父と俺は性格が似ているのかもしれない、なんて思った。

「はは、随分信用がないんですね。そんなことをしている暇があるなら、すでに陛下か宰相か騎士団長を洗脳して、国を内部から瓦解《がかい》させていますよ」

「それもそうか。愚問だったな」

物騒なことを言ったが、王は怒らない。むしろ今までとは違う、柔らかな笑みを浮かべた。

「わかった。アルベルト、もしロイス領を解放できた暁にはお前の望む通りにしよう。……きっとお前なら、良い領主になれるだろうな」

それは、提案にメリットを感じた王としての返答か、それとも息子の望みを叶えようとする父としての言葉か。

どちらにせよ、俺は初めてこの人に認められた気がした。

そして最後に、一番大事なことを伝える時が来た。

「そのように言っていただけて、大変光栄です。それではもう一つだけ、望みを叶えていただけないでしょうか」

そう切り出した俺に、王は首を傾げた。

「なんだ？」

「辺境の地ですので、さすがに私一人ですと心細くもあります。ロイス領を解放し本格的に領主としての仕事をするとなれば、信頼できる従者を一人、王都から連れていくことをお許しください」

その場にいた全員が、きっと同じ人物を思い浮かべただろう。俺といつも一緒にいて俺が信頼できる人間なんて、エミルしかいないのだから。

「あ、ああ。それは別にいいと思うが……」

俺の発言を意外に思ったのか、王は拍子抜けしたような様子だった。

「まあ、もしそうなれば、あの子の両親には私から伝えておいてやろう。本人には？」

そう言って快く受け入れてくれた王に対して、俺は満面の笑みを浮かべる。

「ありがとうございます。まだ、すべて仮定の話ですから。その時が来れば私から話をさせていただきます」

俺はようやく本当の意味で胸を撫でおろした。

王族としてのしがらみを捨て、誰にも邪魔されない場所にエミルを連れていくこと。それが、俺の本当の目的だった。

王の後押しがある。それに、エミルならきっと断らないし、断れない。

――だから、二人で王宮ではない場所に辿《たど》り着くまで。

エミルとの関係性を維持しながら……つまり彼を他の誰にも奪われないようにしながら、日々を過ごしていこうと決心した。

＊＊＊

時は経ち、俺は成人である十八歳となった。

俺は一人きりの自室で、机上に地理書と大量の書類を広げ、最後の作業――ロイス領の解放作戦をまとめていた。

あれから計画は順調に進み、ガイアの父親殺しについては現地での調査によって証拠が揃ってきていた。あとは決定的な証拠を押さえるだけだが、間者がガイアの側近になったことで、それもまもなく叶うだろう。

証拠を押さえたら、俺はロイス領へとすぐに出発することになる。この時のために今まで準備を進めてきたのだ。

ガイアが有する騎士団と対立した時のために、ロイス領独自の武術や戦い方を把握しておくこと。地理書に目を通し、周辺の土地や環境を踏まえどう鎮圧するのかを考えておくこと……そのすべてが、もう少しで実を結ぼうとしていた。

――黙々と作業をしていた俺のもとに、コンコンと、控えめなノックの音が届く。

「失礼します、アルベルト様。ただいま戻りました」

エミルが静かに入室する。その手元には数通の手紙があった。

しかしエミルは俺をじっと見ると忙しそうな気配を察したのか、その手紙をポケットにしまおうとする。

「エミル。その手に持ってるものは手紙か？」

「あっ、そうなんです。……今、よろしいでしょうか？」

俺が声をかけると、エミルは遠慮がちに手紙を渡してきた。

一番上にはシンプルな封筒、そして他の手紙は……まったく目にしたことがない、カラフルな封筒だった。

色とりどりの封筒の中身を確認すると、それは令嬢から俺への、王宮舞踏会のパートナーの申し入れであった。

先ほどまで張りつめていた糸が切れ、思わず気が抜けてしまう。一体、何が良くて俺にこんな申し入れをしてくるんだ。そんなに第二王子の婚約者になりたいのだろうか？

とはいえ、何も返事を書かないのはまずいだろう。

俺はエミルに断りの返事の代筆を頼むと、自らの作業に戻った。

しばらく室内には、俺が書類をめくる音とエミルがペンを走らせる音がかすかに響いていた。しかしある時を境に、ぴたりとエミルのペンの音が消えた。

不思議に思いそちらに視線を向けると、エミルはぼーっとしたまま、紙にインクを滲《にじ》ませてしまっていた。その表情は、今まで俺が見たことのないような、憂いを帯びたものだった。

「エミル？　ぼーっとして、どうしたんだ？」

声をかけると、エミルは手が止まっていることにようやく気がついたようだ。

「す、すみません。ちょっと考えごとを……すぐに書き直します」

エミルは取り繕うように笑みを浮かべたが、少し悲しそうにも見えた。

もしかして、俺にパートナーの申し入れがあったことを気にしているのだろうか……？

淡い期待を胸に抱きながら、俺は視線を戻した。


その日の夜。

エミルが従者の宿舎に帰ったあと、俺は机上に置いた一通の手紙を手に取った。

あの時エミルが渡してくれた中で、唯一のシンプルな封筒。

令嬢たちからの手紙なんかよりも、これが何より大事だった。

封を開け、中身を確認する。

一見なんの変哲もない、たわいのない内容が書かれているように見える手紙は、実は暗号になっている。

決められた文字を読み替えると、そこにはガイア・ロイスの父親殺しについて、決定的な証拠を掴んだ旨が書かれていた。

「……はは、やっとだ。長かったな……」

ぽつりと呟くと、早速王に向けて謁見の申入書をしたためた。

この申入書が手元に届いたら、すぐにお会いしたいこと。そして前々から言っていた通り、自らがロイス領に向かうという内容だ。

しばらくエミルと会えなくなることは、心が引き裂かれそうなほどにつらい。しかし、その後訪れるだろう長い時間を考えれば、これは必要な我慢だ。

俺は必ずロイス領の解放を実現する。そして、そこを安全な地にしてエミルを迎えに行くのだ。

そうしたらもう、誰にも邪魔されない。

長年の悲願がついに手の届くところにまで来たことを実感した俺は、王宮舞踏会の翌日、王都を発ったのであった。

最終章　共に迎えるエンディング

自然豊かな辺境の地、ロイス。僕がこの地を訪れて、はや数週間。

つい先日ガイアを王都に引き渡すことができ、ロイス城内は、ようやく張りつめた空気が和らいできたところであった。

しかし、アルベルトの仕事はいまだ落ち着いていなかった。

元々ロイス領にいた騎士団と従者たちの待遇を決め、王都から連れてきた兵士たちを帰還させる手配まで、いよいよ最後の仕上げといったところである。

そんな中、僕はというと……

「アルベルト様……！　僕にも何か、お手伝いできることはないでしょうか」

広々とした執務室。僕は机に向かうアルベルトに懇願するように話しかける。アルベルトはゆっくりと顔を上げると、少し困ったように眉尻を下げた。

「ありがとう。でも、この前頼んだ資料もまとめてもらったばかりだろ？　少し休んだらどうだ？」

「い、いえ！　僕は全然大丈夫なので！」

「そうなのか……？　まあ、本当に最後の承認だけのものが多くて、一段落ついてるんだよな……」

僕ができることなんて、アルベルトに比べたらごくわずかしかないが、少しでも彼の負担を減らしてあげたい。その一心で問いかけたのだが、逆にアルベルトを悩ませてしまったようだ。

しかし一方で……本当はもっとできる仕事が残っていることも知っていた。

「アルベルト様、もしかしたら僕を気遣ってくださっているのかもしれませんが……以前に、ロイス領の街や民の様子を、王都に報告する必要があるって仰っていたじゃないですか！　それ、僕がやりますよ！」

今のアルベルトの状況では、外に出るのも難しいだろう、そう考えての提案だった。

しかしアルベルトの表情が思いっきり曇った。

「いや、駄目だな」

「ええっ、駄目ですか⁉　僕が適任だと思ったんですけど……」

「様子を見るって言っても、外に出ていろんな奴と話すことになるだろ」

……何を当たり前のことを。僕はぽかんとしながら返答する。

「そ、それはもちろんそうでしょうね……？」

「じゃあ、やっぱり駄目だ」

「いや、なんでそうなるんですか⁉」

「お前には、俺以外の奴となるべく話してほしくないからだよ」

——え？

「エミルが他の奴と話しているだけでも嫉妬するから、一人で外出なんてしないでくれ。わかった？」

「は、はい……」

こういう時、一体どんな反応をすればいいのだろう。

僕がここに来てから、もうずっとこんな調子であった。

前世含めてこのようなやりとりをしたことがない僕には、あまりにも謎だった。

これは恋愛的なアレなのか？　それとも友人にじゃれついてる感じ？　もしくは、からかわれてる？

完全に心を乱されている僕をよそに、アルベルトは思いついたかのように言った。

「あ、そうか。結局まだあのことも言えてなかったか。エミル、良かったら二人で行かないか？」

「え、今の話ですか？」

「ああ。二人で街の様子を見に行くのもいいだろ？」

アルベルトは、楽しげに声を弾ませた。

「僕はもちろん問題ないのですが、それでは結局アルベルト様の負担は減ってないんじゃ……？」

「今ある作業くらいなんとかするさ。じゃあ、三日後にしよう」

ふわりと優しく微笑まれ、僕はもはや頷くしかなかった。

——もしかしてこれって、いわゆるデート……なのか？

アルベルトと二人きりで外出するなんて、今まであっただろうか。

思い返してみると、一番遠出した場所でも国が所有している王都近辺の土地だ。さらに当然周りには複数の護衛がいたから、自由に見て回ることはできなかった。

二人でなんの気兼ねもなく外に出られる。そう思うと、期待に胸が膨らんだ。

「まさか、そんなに嬉しそうにしてくれるとは思わなかったよ。さすがにこの姿のまま行くわけにはいかないから、変装は必要だけどな」

よっぽど僕の目が輝いていたのだろうか。アルベルトは少し、笑いを堪えているように見えた。

「変装？　カツラとかってありましたっけ？」

「ああいや、魔法で髪や目の色を変えるんだ。そこは俺がうまくやるよ」

「魔法ってそんなこともできるんですか？　すごく便利ですね……」

思わず感心していると、アルベルトは穏やかな口調で言った。

「エミル、どこか行きたいところがあったら言ってくれ。この土地のことは一通り把握しているから、俺でも案内できると思う」

「ありがとうございます！　せっかくなので、ロイス領の名所とか、特産物とか……いろいろ見て回りたいですね。そうだ、たしかこの城には書斎がありましたよね。参考になるものがないか、見てきてもいいですか？」

「ああ。鍵はかかってなかったはずだから、自由にしてくれ」

僕はアルベルトの言葉に「わかりました」と返事をして、浮かれて口角が上がってしまうのを抑えながら、執務室を出た。

それから僕は早速書斎に向かうことにした。

王宮ほどではないが、この城もかなり広い。書斎はたしか同じ三階にあったはずで、うろ覚えながら以前城をざっと見て回った時のことを思い起こした。

まずは廊下をまっすぐ進んで、突き当たりを右に曲がったところにあるんだったな。

しばらく進んでいき、もう少しで曲がり角というところで、曲がってすぐの通路にメイドが三人いるのが見えた。

僕が王都から連れてきた従者ではなかったので、おそらく元々ロイス城に勤めている人たちだろう。特に気にすることもなく歩を進めると、三人の話し声が聞こえてきた。

「アルベルト殿下が……」

彼女たちの口からアルベルトの名前が出てきた瞬間、僕は思わず立ち止まった。メイドたちは僕には気がつかなかったようで、そのままひそひそと話を続けている。

とっさに隠れてしまったのは、王宮でのことを思い出し、嫌な想像をしてしまったからだった。

『アルベルト殿下は、呪われた闇の力を持っているんですって』

『私たちも近づかないようにしましょう』

そんなことをこの場所でも言われたら、僕が今すぐに飛び出してその誤解を解いてやる、そう思っていたのだが……

「アルベルト殿下が来てくださってから、本当に平和になったわよね」

「領主があの息子に代わってから一体どうなっちゃうんだろうと思ってたけど、アルベルト殿下が来てくださって本当に良かったわ。わざわざ王宮からこんな遠い場所までお越しになったんでしょう？　感謝してもしきれないわよ」

「私の両親も随分生活が楽になったって言ってたわ」

耳に届いたのは想像とは正反対の、アルベルトを称賛する言葉だった。

僕はほっと安堵のため息をつく。そして、胸にじんわりとした温かさが広がっていった。

——良かった。この地の人たちはアルベルト自身をしっかり見てくれるんだ。

「それにしても、いつまでここにいてくださるのかしら？」

「できればずっといてほしいくらいよね」

「いやいや、第二王子よ？　さすがにそろそろ戻らないといけないでしょ。もちろん殿下がここを治めてくれるのが理想だけど！」

彼女たちの会話を聞きながら、僕も疑問に思った。

——兵士たちの帰還の準備は進めているみたいだけど、本人はいつ帰るつもりなんだろう？　今のところ、まったくその気配はないのだが……

そんなことをぼうっと考えていると、突然彼女たちの会話がおかしな方向へと進んでいった。

「あのさ、私ずっと気になってたんだけど。殿下と、最近来てくださった専属従者のエミル様との関係！」

突然出てきた自分の名前に、ぎくりとしてしまう。

「ああー、それね。もう最近、メイドたちの間はその話題で持ちきりよ」

そして彼女たちはまるで示し合わせたかのように、同じタイミングで言葉を発した。

「あれは絶対、何かある！」

……な、なんで僕⁉

メイドたちは段々ボルテージが上がっていったようで、もはや僕が耳をそばだてる必要はなく、否が応でもすべての会話が耳に飛びこんでくる。

「だって他にも王都から来た人たちがいるのに、エミル様だけずーっと殿下の執務室にいるんでしょう？」

「実は私……お二人が会話をしているところを見たことあるのよ！」

「嘘⁉　どうだった？」

「もうね、殿下の表情が愛おしいと訴えかけていたわ……」

「はあ……やっぱり。なんてことでしょう……」

会話を聞きながら、僕は意識を失いかけていた。

え、なんでこんなことになってんの⁉

しかしそんな僕の状況とは関係なく、彼女たちの会話は止まらない。

「……ふふ、それにね？　私、さらにヤバイ情報を入手したのよ」

「えっ、何⁉」

「他のメイドの子から聞いたんだけどね。なんと、廊下でお二人が抱き合っていたんですって！」

「きゃー‼」

――叫び出したいのは、僕のほうだった。

抱き合っていた……のは、たしかに事実だ。アルベルトと再会したあの日のことだろう。あの時は周りに誰もいないと思ったのに！

穴があったら、入りたい……！

「はあ……もう、何この感情？　お二人のことずっと見守っていたいのだけど……」

「大丈夫。私もだし、この城のメイドのほぼ全員そうでしょ」

「あーあ。やっと見つけた日々の潤い……お二人ともここにずっといてくださらないかしら」

僕は彼女たちが解散するまで、恥ずかしさのあまりその場から動くことができなかった。

＊＊＊

三日後。僕たちはロイス領の中央通り、石造りの大きな門の近くにいた。

アルベルトから提案された、二人でのロイス領の視察。

どこに行くかをアルベルトと相談した結果、人々の暮らしぶりや生産品、文化を知るためにも、まずは街を見てみようということになったのである。

隣にいるアルベルトは、いつもとはまったく異なる雰囲気をまとっていた。

街に出ても気づかれないように身体の一部を変色させる魔法をかけて、変装しているからである。

アルベルトの青い瞳は紅へ。銀の髪は漆黒に変わっている。

通常の海のような目の色も、白に近い輝く髪色も当然ながら綺麗なのだが、これはこれであまりにも様になっている。というか顔立ちが端整すぎるので、色を変えようが何をしようが目立つ気がしなくもない。

一方の僕はというと、現在は明るめの茶髪に青い瞳、そこに飴色のフレームの眼鏡をかけている。

本来であれば、僕が変装する必要はまったくない。のだが、「いつもと違う姿も見てみたいから」という理由で、アルベルトにいろいろと試されてしまった。

どことなく楽しそうなアルベルトに髪の色から服装まですべてを任せていたのだが、さすがに髪を銀髪にされそうになった時だけは、断固として拒否させてもらった。

僕のような平々凡々の人間がしてはいけない髪色ナンバーワンだからだ。

不満げなアルベルトの表情は、今でも脳裏に残っている。

「殿下、エミル様」

背後から僕たちにそっと声をかけたのは、騎士のアーロンだった。

外出したいと伝えたところ、彼は快く門の近くの人目につかない場所まで護衛たちを引き連れて来てくれた。

「到着しましたので、護衛は私とこの二名を残して帰します。私たちも遠くからついていきますが、目立つので建物の中には入らないようにします。ここからはどうぞ、お二人でご自由にお過ごしください」

「ああ、助かるよ」

アーロンが恭《うやうや》しくお辞儀をすると、早速その場から護衛たちが離れていった。

「じゃあ、エミル。行こうか？」

「そうですね！」

僕たちは軽やかな足取りで、中央通りへと続く大きな門を通り抜けた。

門をくぐると、広々とした通りの左右にはレンガ造りの建物が立ち並び、往来する人々で賑わっていた。果実や雑貨を売っている屋台がたくさん見られ、目を惹くものばかりだ。

「すごい……！」

王都のような整った美しい都ではない。しかしここは、この地で暮らす人々が一から作り上げた、雑多でいて楽しげな雰囲気が伝わってくるような街だった。

「いろいろなお店がありますよ！　気になるところはありますか？」

このような雰囲気の場所を訪れたのは、生まれ変わって初めてだ。『ルナンシア物語』のゲームにも出てこない光景に、僕は目を輝かせていた。

「とりあえず歩いてみるか？　俺に気を遣わなくていいから、気になるところがあったら全部寄っていこう」

「はい！」

アルベルトは僕を見ながら、笑みを浮かべた。

僕は周囲を気にせずアルベルトと一緒に過ごせることが、何よりも嬉しかった。

それから二人でぶらぶらと通りを歩いていく。

やはり最初に目をひかれるのは、通りにあるたくさんの屋台。

ふと視線を向けた屋台には、王都でも見たことのないような色とりどりの野菜や果物が並べられていた。

「エミル、何か買うか？」

「いいんですか⁉　アル……ごほん。それにしても見たことのないものばかりで、楽しいですね」

一瞬、いつも通り『アルベルト様』と呼びそうになった。しかし僕はともかく、アルベルトの名前はロイス領で知られているのでとっさにごまかす。

僕は隣にいるアルベルトに近づき、小声で言った。

「すみません、そういえば呼び方を決めていませんでした」

「……まあ、なんでもいいぞ。アル、とでも呼んでくれ。あと、様付けはしなくていい」

「えぇっ⁉　そんな」

「いいか？　今は主人と従者として来てるわけじゃないんだ。様付けだと変だろ」

「たしかに。わかりました……」

「兄さんたち、観光に来てくれたのか！　ここは他ではお目にかかれないものを扱ってるんだ。どれも美味いよ！」

ここそこと話す僕たちを見つけたのか、カラッとした笑顔の店主が話しかけてくる。年は三十代後半くらいだろうか。大柄だが人懐っこそうな印象の男性だった。

「ああ、実はそうなんだ。ここに売っているものは全部、ロイスでしかとれないものなのか？」

アルベルトが店主に問いかける。

店主は興味を持ってくれたことがよほど嬉しかったのか、ノリノリで答えてくれた。

「そうなんだよ！　ロイスは水資源が豊富だし、気候や風土の関係で、ここでしか育たない野菜や果物が多いんだ。ちなみに、兄さんたちはどこから来たんだ？」

「王都のほうからだ」

「そうなのか！　それにしても、このタイミングでよく来たなあ。少し前までいろいろあって観光客は入れなかったんだが、つい先日解除されたばかりなんだ。ちょっと寂れちゃってて、申し訳ないな」

「えっ……、今でも十分賑やかな感じがしますよ……？」

僕はきょろきょろと周囲を見回しながら、会話に加わる。

店主は少し眉尻を下げ、懐かしむように話し始めた。

「外から見たらそう思うよな。でも、前まではもっと賑やかだったんだよ。店も今よりたくさん出ていたし、通りでは演奏家が音楽を奏でたりしててさ。その時は観光客もひっきりなしに来てたよ」

「そうなんですね。そんなに賑やかだったなんて……。僕たちも見てみたかったです」

アルベルトは、黙って僕を見つめていた。

「はは、そう思うよな！　けど実は最近体制が変わりそうでさ。もしかしたら街も元に戻るんじゃないかって、皆期待してるんだよ！」

アルベルトは店主の言葉に、ほんの少し微笑んだ。

そして宣言をするように、はっきりと言う。

「きっと元に……いや、それ以上に賑やかになるんじゃないか」

その言葉に、店主は驚きの表情を浮かべる。そして、晴れやかな笑顔を見せた。

「なんだか、兄さんに言われると、不思議とそうなる気がしてきたな！　そうなったら、ぜひまた見に来てくれよ！」

店主の明るい表情に、僕も思わず頬が緩む。

「はい、もちろんです！　あ……この果物いただけますか？」

「はいよ！　あ、ちなみにこれも美味いよ！」

そうして果物数種類を購入し、おまけでいくつかの野菜までもらってしまった。

店主に渡された紙袋を抱えた僕を見て、すぐさまアルベルトが護衛を呼んだ。

「これ、悪いが持っててくれるか？」

「あっ、は、はい！　承知いたしました！」

護衛の一人は紙袋を渡され、僕がお礼を言う暇もなく、ものすごいスピードで再び距離をとるために去っていった。

「あの……護衛の方々を荷物持ちみたいに使っていいんでしょうか……？」

「どうせ今日は護衛の出番はないんだから、いいだろ」

アルベルトは平然と言い歩き始める。僕は先ほどの護衛の方に心の中で「ごめんなさい」と謝りつつも歩みを進めた。

再び身軽になった僕たちは、他の屋台や、お店、工房などを見て回っていった。

ついに護衛の三人が持てる荷物の限界に達した頃には、すでに日はだいぶ傾いていた。

そろそろお腹も空いてきたので、ディナーでも食べようかということになった。そうしてとあるレストランに入ったのだが……

――なんか、めちゃくちゃ目立っている気がする！

僕は向かい合わせに座るアルベルトを見ながら、苦笑いを浮かべた。

広々としたレストランだったが、それでも周囲の視線を集めているのがわかってしまう。もちろん僕に対してではない。アルベルトに対しての視線である。

店内に突然現れた、浮世離れした長身の美男子。美貌だけでなく、隠しきれない優雅な所作と完璧なテーブルマナーは、人々の視線を集めるのに十分であった。

そういえばこの人、一目惚れした令嬢から求婚されてたこともあったな。

ふと嫌なことを思い出してしまう。深く考えると気が沈みそうだったので、僕はとにかく目の前の食事に集中することにした。

淡々と食事を進める僕を見ながら、アルベルトが口を開いた。

「……ここの奴らは、なんでこんなに見てくるんだ？」

さすがに周りから、ちらちらと向けられる視線に気がついたようだ。

アルベルトは周囲をじろりと睨みつける。

「こんなにお前のことを見てくる奴らがいるなら、今から貸し切りにでもするか……」

「……えっ⁉」

僕は理解が追いつかなかった。

「アルベ……、アル。何言ってるんですか⁉」

まさか僕が見られてると思ってるのか？　凄まじい勘違いを正すべく急いで反論する。

「違いますって。どうみても僕を見ているわけじゃないでしょう！」

「じゃあ一体何なんだ？　いくらなんでも鬱陶《うっとう》しいな……」

「それにしたって、今から貸し切りってそんな無茶な……！」

「そうか？　いくらでも方法は……」

なんとかして止めようと、必死になって考える。

アルベルトは、自分のことに関しては本当に無頓着だ。着飾ることにも興味がなく、自分がいくら視線を集めていてもそれに気づかない。

生い立ちから考えて、僕以外の人に容姿を褒められるようなことはなかったのかもしれない。しかしそれにしても、自分の持つ美貌に自覚はないのか。

考えている間にもアルベルトは本当に店員を呼ぼうとし始めていた。

僕は彼を止めるため、気を落ち着けて話しかけた。

「……アル、いいですか？　周りの人たちは決して僕を見ているわけじゃありません。みんな『あなたを』見ているんです。僕も周りの視線の先を追っていましたから、よくわかります」

自分の想い人がモテることを、本人に言わなければいけないなんて。

「そうだったのか？」

僕は彼の返事に我慢できずに、思わず言い返してしまった。

「そうですよ！　アルって、昔からそういうところありますよね!?　なんでそんなに自分に対して無頓着なんですか……」

「悪かった。俺、お前のことしか興味ないから」

アルベルトは僕の怒りに、なんでもないかのように答えてみせた。

――ガタガタッ。

その瞬間、周りの二、三席から音がして、むせるような咳が聞こえた。

周りの視線の先が、アルベルトではなく、『僕たち』に変わったような気がした。

まずい、なんだかこれはこれで目立ってるような……

周囲の視線を、知ってか知らずか。硬直し始めた僕を見てアルベルトは楽しそうに笑って言った。

「なあ、エミル。十分、視察は楽しんだよな。食べ終わったら……最後に二人きりになれる場所に行こう」

その発言のせいで、僕はついに食事を楽しむ余裕がなくなった。

二人きりになれる場所。

レストランを出た僕はアルベルトに案内され、その場所に向かっていた。

中央通りから少し外れた路地を進むと、真っ白な石造りの教会があった。その入り口は重厚な扉と鍵で閉ざされており、気軽に入れるような場所ではないことが窺《うかが》えた。

「ここって……教会ですよね？」

「ああ。ロイスの中で一番歴史ある教会だ。今は特定の日しか開かないようになってる」

アルベルトはそう言いながら、どこからか鍵を取り出して解錠し扉を開けた。

おずおずと中に入るとまず眼前に広がったのは――青と白で彩られたアーチ状のガラス天井だった。教会の窓には大きなステンドグラスがはめられており、そこから差しこむ夕日が、僕たちを照らしている。僕はその吸いこまれそうな美しさに、息を呑んだ。

アルベルトはそんな僕の隣で「もういいよな」と言うと、僕と自身の変装を解いた。

僕も眼鏡を外し、ゆっくりと祭壇へ歩き出したアルベルトに合わせて進んでいく。

――なぜ、アルベルトはこの場所に僕を連れてきたのだろう。

僕のそんな疑問に答えるように、アルベルトは祭壇前で足を止めると、隣にいる僕のほうへと身体の向きを変えた。

「……エミルに、大事な話があるんだ」

向かい合わせに立ち、アルベルトはまっすぐ僕を見つめていた。静寂と緊張感が漂う中で、彼はゆっくりと口を開く。

「俺はこれからこの土地の領主として、一生暮らしていこうと思っているんだ」

思わず、目を見開く。

この領地を立て直すために、しばらく滞在する覚悟なのだろうとは思っていた。

しかし一時的ではなく、これからずっと……？

「それってもう、王宮には帰らないってことですよね……？」

「ああ、そうだ。すでに陛下には話をつけてある」

——僕の知らない間に、そんな話になっていたなんて。

勢いで「なぜ」と問いただしそうになった。

しかし僕はふと今日までこの土地で過ごしてきたことを思い返す。

ここにはアルベルトの闇魔法について悪く言う人間は一人もいない。少し変装すれば、先ほどのように自由に外だって出られる。

正当な評価を受けて、人々から尊敬されて。

アルベルトがこれまで王宮では得られなかった幸せを、ここでならきっと掴むことができるのではないか。

反対する理由なんか、どこにもないように思えた。

——けれども、僕は？

僕だけ王宮に帰ることになって、あのアルベルトのいない数か月の寂しさを、今度は未来永劫味わうことになってしまったら……。恐ろしさが這い上がってきて、どうすればいいのかわからなくなる。

そんな中でアルベルトは、俯いた僕の手を取ると、穏やかに、しかしはっきりと言った。

「俺はエミルにも、この場所にいてほしい。ずっと俺の隣にいてほしいんだ」

心臓がどくん、と跳ねる。

その言葉を聞いて、思わず顔を上げた。

どんな形でもこの人の隣にいたい。それは、僕が強く望んでいたことだった。

「僕はアルベルト様と一緒にいて、いいんですか」

「ああ。ずっと離れないで、そばにいてほしい」

アルベルトの深いブルーの瞳を見つめる。

そして、彼も僕をまっすぐ見ながら、優しく笑った。

「ずっと言いたかったんだ。――俺はお前だけを、愛してる」

専属従者に対してでも、友人に対してでもない。それは明確な、深い愛の言葉だった。

僕は胸がいっぱいになって、涙があふれそうになるのを必死に堪える。

――なんとか、僕の気持ちも伝えたい。その一心で、言葉を紡いだ。

「……嬉しいです。僕も、あなたのことを……愛しています。だから、ずっと隣にいさせてください」

アルベルトは僕の言葉を聞いて、今まで見てきた中で一番、幸せそうな笑みを浮かべた。

「ああ。これからは従者としてじゃなく……恋人として、伴侶として、俺の隣にいてくれ」

僕たちはしばらく見つめ合っていたが、ふとアルベルトが自らの内ポケットから何かを取り出した。

「お前に渡したいものもあるんだ」

高級感のある白くて小さなケースを、僕の前で開く。そこには、ダイヤのような宝石がはめこまれた指輪があった。シンプルながら美しい煌《きら》めきを放つそれに、目を奪われてしまう。

「左手、出してくれるか？」

僕は彼の言う通りに、左手を出す。

アルベルトはその指輪を僕の左手の薬指にそっとはめてくれた。それは寸分の狂いもなくぴったりで、元々そこにあったかのような安心感があった。

「俺にも、付けてほしい」

アルベルトはそう言うと、もう一つ自らの分の指輪を取り出して、僕に手渡した。

僕も緊張しながら、ゆっくりとアルベルトの左手の薬指に指輪をはめた。

二人お揃いのそれは、まるで結婚指輪だ。

「アルベルト様、ありがとうございます。こんな素敵な指輪も贈っていただけるなんて……夢みたいです」

……本当に夢を見ているみたいだった。

僕は夢でなく現実であると認識するために、そっと薬指にはめられた指輪を撫でる。

——しかしその時、ほんの少し違和感を覚えた。

「……あれっ？」

「エミル、どうした？」

アルベルトが不思議そうに尋ねる。

僕の覚えた違和感というのは本当に些細《ささい》なこと。けれども、気にし始めたら止まらなかった。

「いや、この指輪すごくぴったりだなって思って……。というか、び、微動だにしない？　みたいな……」

そう、あまりにもぴったりとはまったそれは、僕が触れようと何をしようとまったく動かなかったのだ。

アルベルトは、僕の言葉にさらっと答えた。

「ああ、この指輪、一度付けたら本人の意思じゃ外せないようになってるからな」

「……はい⁉」

僕はもう一度、今度は少し強く指輪を引っ張ってみた。

しかしどれだけ強く引っ張ろうと、やはり外れるどころか動く気配すらない。

「あ、あの。アルベルト様？　例えば何かをこぼしちゃったとか、こう、どうしても外さなきゃいけない時とかもあるじゃないですか？　その時は一体どうすれば……」

とりあえずなんとか言葉を発するが、僕も混乱しすぎて、質問がこれでいいのかもわからなくなってきた。微妙にズレてる気もしなくもない。

「ああ、その時は俺に言ってくれれば外せるぞ。俺の指輪もそうなってるんだ、俺は自分じゃこれを外せない。もし外さなきゃいけないことがあれば、お前にお願いするよ。まあ、そんな機会ないだろうけど」

……いや待って。それって、常に二人一緒にいないと成り立たないのでは……？

もはやどこから突っこんでいいのかわからず、口を噤んだ。

そういえばアルベルトって、自分で独占欲が強いって、前に言ってたような……

指輪を見ながら、今までのことが思い起こされる。

僕がマリアと話したことがわかると、尋問のように内容を問いただされたこと。

なるべく外に出ず、父の呼びつけ以外はアルベルトの部屋にいるように言われていたこと。

マリアから、アルベルトに監視や盗聴をされているんじゃないかと聞かれたこと。

今思えば、これらはすべて僕に対しての独占欲なのか？　いや、そんな言葉で片付けていいものか……？

「エミル」

「え……？」

思考を巡らせていると、アルベルトとの距離が、先ほどよりも近づいていることにようやく気がついた。

アルベルトは、僕の首の後ろに手を当てると、そっと頭を引き寄せ……唇を重ねた。

――優しく、触れるだけのキス。

それなのに、首筋に添えられた手が、まるで逃がさないと言っているかのように感じた。

一瞬だったのか、数秒だったのか。

唇が離れた時には、僕はもう先ほどの思考どころではなかった。

「はは、すごい顔真っ赤だぞ」

アルベルトは、僕を見ながらからかい交じりに、けれども愛おしそうに笑っていた。

「仕方ないじゃないですか！　い、いいいきなりしてくるから……びっくりしましたよ！」

いつものように二人で軽く言い合っていると、次第に顔の熱も落ち着いてくる。

そうしてようやく熱が完全に引いた頃、護衛を外で待たせており、そろそろ帰らなければならないということで、一旦教会を出ることにした。

教会の入り口に向かって、隣を歩くアルベルト。僕は、彼の薬指に輝く指輪に視線を向けた。

でも、そうか。あの指輪はアルベルト自身では外せないのだから、熱い視線を集めてしまうことも、令嬢から言い寄られることも、少なくなるだろう。

それに何より、これからアルベルトが他の誰かと結婚することだって、できなくなるんだ。

そして僕だけが、ずっと彼の隣に――

「……あ」

僕は今、何を考えた？

アルベルトが、急に立ち止まった僕に声をかける。

「おい、大丈夫か？　さっきからずっと変だぞ」

「誰のせいだと思って……いや、なんでもありません、行きましょう」

そして再び、歩き出す。

僕は気がついてしまった。

こんな考えをしてしまっている時点で……きっと僕ももう、手遅れなんだと。

＊＊＊

「アルベルト殿下、エミル様。お帰りなさいませ」

僕たちがロイス城に戻ると、エントランスホールにはメイドたちが整列しており、全員が綺麗に声を揃え、僕たちを出迎えてくれた。

「ああ」

「あっ……た、ただいま戻りました」

アルベルトは冷静に答えるが、僕は見慣れない光景に動揺してしまう。

立ち止まった僕たちの前にメイド長が近づき、恭《うやうや》しく頭を下げた。

「アルベルト殿下。ご用命の件、すでに完了しております」

「わかった。ありがとう」

——ご用命？

僕はメイド長の発言に、小首を傾げた。アルベルトが何かしら指示していたのだろうが、まったく心当たりがなかったからだ。今までアルベルトからの指示は僕が受けていたので、少しそわそわする。

メイド長はそれだけを伝え、すぐさま列に戻っていった。なぜか周りのメイドたちはニコニコと満面の笑みを浮かべている。

僕はひとまずアルベルトを三階の私室まで送ろうと、彼と共に中央の階段を上っていった。

廊下の窓から見える景色は、すでに暗かった。僕もアルベルトを送ったら寝支度をしなければいけない。

「アルベルト様。では僕も部屋に戻りますね。今日は本当にありがとうございました」

アルベルトの私室の前に到着し声をかけた。僕は二階にある部屋で寝泊まりしているから、必然的にここで別れることになる。

なんだか名残惜しいような気持ちになりながらも、その場を離れようとすると、アルベルトがそっと僕の手を掴んだ。

「エミル。戻らなくていいぞ」

「はい？」

「お前の部屋、別のところに移したから」

「えっ⁉」

いつの間にそんなことを……？　アルベルトは驚く僕に、淡々と告げる。

「あそこは来客用の部屋だし、お前もずっとここにいるんだから、ちゃんとした部屋が必要だろ？」

「まあ、たしかにそれはそうですけど……。じゃあ僕の部屋はどこになるんですか？」

アルベルトは僕の問いに、すっと自らの私室を指さした。

「……ん？　いや、そこはアルベルト様のお部屋ですよ」

「ああ、間違ってない。だから、一緒の部屋にしたんだよ」

「え、えぇ!?」

いきなり何を言っているんだ、この人は。アルベルトは絶句する僕をよそに、「見てみるか?」と言って、私室の扉を開けた。

扉を開けると、そこは開放的な空間だった。白と青を基調とした品のいいインテリアに、見上げるほど大きな窓。天井から吊り下げられたシャンデリアが、部屋の中を華やかに照らしていた。

「実は、今日出かけている間に、家具や内装も変えてもらったんだ」

アルベルトが言う通り、室内の家具はすべて二人用になっていた。テーブルや椅子、ソファーに、天蓋付きの大きなベッドも……

――僕は本当に、アルベルトと一緒の部屋で過ごすのか……?

その時ふいに、教会でキスをされた光景が頭に思い浮かぶ。別に今までだって、ほとんどの時間を共に過ごしていた。だから今更同じ部屋になったところで問題はない……はずなんだけど、でも今までとは、やっぱり違うというか……!

僕は顔に熱が集まっていくのがわかった。

「……エミル、嫌だったか?」

アルベルトは黙っている僕を気にしたのか、少し眉尻を下げて、悲しそうにぽつりと言った。

「い、いえっ! 嫌じゃないです!」

その声色と表情に、反射的にそう口にする。

ずるい。そんな顔をされたら、嫌だなんてもってのほか、戸惑っているとも言えるわけがなかった。

「なら良かった。もうお前の荷物もここに移動させてるから」

しかしアルベルトは僕が答えた途端、一変していつもの端整な笑みを浮かべた。

——あれ、なんか僕……流されてない？

そんな疑問が一瞬脳裏を掠《かす》めたが、深く考えないほうがいいかと思い、思考を放棄した。

＊＊＊

満月の夜。僕は一人ベッドに座りながら、ぼんやりと窓から見える月を眺めていた。

あれから僕は浴室で身を清め、寝衣の黒いローブに着替えていた。アルベルトは入浴中のため、今は部屋にいない。

結局今日からこの部屋が僕とアルベルトの寝室になったわけだが、なんだか不思議な緊張感に包まれていた。

今日は、本当にいろいろなことがあった。

僕はこれからこの地でアルベルトと暮らすことを選び、さらにはアルベルトへの想いまで成就してしまった。そして部屋さえ一緒になって、今日、もしかしたら……

——やっぱり、そういうことだよな……？

僕は前世を含めてもそういった経験がなかった。だからどうしたらいいのか、正直なところまったくわからない。

僕は後ろに倒れてベッドに横になった。背中をふかふかのベッドに預け、真っ白な天蓋を見つめる。

いっそ、このまま寝てしまおうか。いや、さすがに自分の主人よりも先に寝るのは、従者としては駄目だよな……？

考え事をしながらぼうっとしていると、ガチャリと部屋の扉が開いた。

「エミル、先に戻っていたのか」

部屋に入ってきたのは、もちろんアルベルトだった。僕は急いで上半身を起こし、アルベルトと目を合わせる。

「お、おかえりなさい……」

アルベルトもシルクのような素材の、黒いローブを羽織っていた。僕と同じローブのはずなのに、彼が着ると生地からまったく違うもののように見える。

均整の取れた身体は、薄いローブをまとうことによってさらに際立っていた。僕はなんだか目のやり場に困ってしまって、アルベルトから視線を逸らした。

「……エミル」

指輪をはめた左手をぼんやり見ながら、ただ夜の静けさに身を預ける。

「は、はい!?」

黙りこむ僕にアルベルトが話しかけてくる。声が裏返ってしまって、もういろいろと恥ずかしい。

「今日は久々に外出しただろ？　……疲れてないか？」

「……へ？」

アルベルトは気遣うようにそう言うと、ゆっくりと僕の隣に腰を下ろした。

「だ、大丈夫、疲れてないです……！」

「そうか、良かった。街をじっくり探索するのなんて、お前は初めてだっただろ」

「……そう、ですね。今まで王宮から出ることすら、ほとんどなかったですから」

「たしかに、そうだよな」

アルベルトは、思っていた以上にいつも通りだった。僕は先ほどまでの緊張感が解けるのと同時に、もしかして考えすぎだったかも、と思い始めた。

今日は本当に同じベッドで寝るだけなのかもしれない。というか大体、男である僕の身体を見て、気持ちが高揚するとも思えない。僕の中で、少しだけ安堵したような、でも寂しいような複雑な気持ちが入り混じる。

僕はその気持ちに蓋をして、アルベルトに向き直りいつも通りの口調で言う。

「アルベルト様こそお疲れじゃないですか？　連日お仕事がありましたし、今日はゆっくりお休みになったほうが……」

僕がそう言うと、アルベルトはふわりと笑う。

そうして僕をじっと見つめながら口を開いた。

「お前がこんなに近くにいるのに、ゆっくり休めると思うか？」

「え……？」

僕は、アルベルトから目が離せなかった。

しばらく目を合わせているうちに、アルベルトはゆっくりと僕の腰を引き寄せて、優しく口づけてくる。

唇が触れ合う感覚に、心臓がどくんと跳ねる。しかしそれは一瞬で、すぐに唇が離されると、壊れものを扱うようにそっとベッドに押し倒された。

僕はベッドに仰向けになり、覆いかぶさってきた彼を見上げた。

「エミル、いいよな？　八年も待ったんだから」

そう言ったアルベルトの瞳には、たしかな劣情が宿っていた。

思わず胸が締めつけられる。

「……っ、はい」

言葉を詰まらせながら答えた僕に、アルベルトは薄く笑った。

そして顔を近づけ再び僕の唇を奪うと、今度は舌を差し入れ、口腔の深いところまで蹂躙してきた。

「ん……っ！」

さっきのものとはまったく違う激しく暴かれるようなキスに、クラクラと頭の中が回る。舌を絡め合う感触に羞恥で全身が熱くなる。

アルベルトはそんな僕のローブの紐をほどき、身体を晒した。

「は……っ」

ようやく唇が離れ、僕たちの間に銀糸が伝う。

僕は息を切らしながら、少しだけ冷静になって自らの姿を見る。茹で上がったように赤く染まった薄い身体。それがローブを剥がされすべて彼の前にさらけ出されていることが、酷く恥ずかしい。

僕は膝を立てて、特に熱を持ってしまった部分を隠そうとする。しかしそれを拒むように、アルベルトの右手が僕のふとももに触れた。

「……隠すなよ。お前のこと、全部見たいんだ」

「……っ、そんな……」

甘く響く声に、抵抗する力が抜けてしまう。するとアルベルトは、右手を僕の足の付け根に添えたまま、僕の鎖骨に舌を這わせた。

むず痒い感覚に身をよじるも、舌先は段々と下りていって、僕の胸の突起を掠《かす》める。

「んん……っ」

思わず声を漏らした僕を追い立てるように、彼の舌先が先端を押しつぶすように撫でる。感情が昂《たかぶ》っていくような、もどかしい感覚に身体が疼く。

そして、僕のふとももに添えられていたアルベルトの右手が、熱を持っている陰茎に触れた。

「もう、こんなになってるな」

僕のものはすでに反応し、ゆるゆると勃ち上がっていた。

「い、言わないでください……っ」

涙目で懇願する僕を見て、アルベルトは意地悪く目を細める。そして僕の陰茎を、手で包みこんだ。

指の腹で優しく撫でられ、徐々に擦り上げるような動きに変わる。先走りが滲《にじ》んで、刺激に身体が打ち震えた。なるべく声を出さないようにと口を閉じるが、声が漏れ出てしまう。

「んッ……、あっ……」

「エミル……声、我慢しないでくれ。……もっと聞きたい」

アルベルトはそう言って、敏感なそこを、先走りを塗りつけるように擦り続ける。淫らな水音が耳に届いて、羞恥がさらに増してしまう。

動きは段々と激しくなって、僕の身体の内から快感がせり上がってくる。

「あ……っ！　イっ、だ、だめッ」

その刹那、頭が真っ白になり、身体がビクッと跳ねた。

腰を震わせ、アルベルトの手に自らの精を吐き出す。

「は……っ」

吐精後の気怠さに頭がぼうっとする中、乱れた呼吸をなんとか整える。アルベルトの右手が僕の放ったもので白く汚れている。その様子があまりに恥ずかしくて見ていられなくなり、顔を背けようとしたが、彼はそれを妨げるように僕に覆いかぶさり、そっと口づけた。

「エミル」

アルベルトは、僕の耳元に顔を寄せ、熱のこもった声で囁《ささや》く。

「脚、開いて」

そう言って両膝を立てるようにして脚を開かせた。僕の身体は、先ほどの刺激で弛緩して、なすがままになってしまう。そしてアルベルトは、白濁に塗れた彼の右手を、僕の後孔に当てた。

「……っ、そ、そこは」

彼の中指が、白濁した液を塗りこむようにして、つぷ、と潜りこむ。じわじわと彼の指が中へと押し進められていく。

「……痛くないか？」

アルベルトに優しく問いかけられ、僕は声を振り絞った。

「痛く、ないです……」

アルベルトは僕の言葉を聞いて、安心したように美しい笑みを浮かべた。

僕がその表情に見惚れていると、アルベルトは突如として、僕の胸の皮膚を強く吸い上げた。その箇所から、ゾクゾクとした甘い痺れが身体中に広がっていく。

思わず力の抜けた瞬間を見計らうように、後孔に挿し入れられた指が奥へと入っていく。

「んん……っ！」

アルベルトが胸から唇を離すと、そこには真っ赤な痕が残されていた。一度では終わらず、簡単には消させないというように、何度も何度も、赤い印を残していく。

そしてついに、僕の首筋のほうへ唇を寄せた。

「アルベルト様、ちょっと待ってください……！　そんなところにつけたら、みんなに見え……」

さすがに首筋はまずいと、とっさに声を上げる。アルベルトはその場で動きを止めると、不貞腐《ふてくさ》れたように僕を見た。

「見えたら……駄目なのか？」

「……あ、当たり前です！」

どこか寂しそうな瞳に一瞬絆されそうになるが、なんとか堪える。

アルベルトはそんな僕を見て、妖《あや》しく笑った。

「わかった。それなら痕が消えるまで、ずっとこの部屋で一緒にいよう」

「えっ？　そ、そういう問題じゃな……あっ」

僕の反論も虚しく、アルベルトは僕の首筋に強く吸いつく。少しして印をつけ満足したのか、彼はようやく唇を離した。

そしてアルベルトは、まさぐるように、再び指を動かし始めた。

内側をかき回されるような感覚に戸惑っていると、彼の指が、ある一点を掠《かす》めた。

「……あっ！」

その瞬間、ゾクッとした感覚が全身を駆け巡った。思わず声が出て、身体がしなる。

「……ここか？　すごく反応してる」

アルベルトはビクビクと痙攣する僕を楽しむかのように、その部分を指の腹で押し上げる。

「あ、や、んっ！　ま、待ってっ！」

「……っ、待てない。指……増やすぞ」

容赦なく擦り上げられるたびに、自分のものではないような声があふれ出て、抑えられない。アルベルトはそんな僕に興奮したような様子で、先ほどよりも速く大きく中をかき乱す。

そして一度引き抜かれ、ぐちゃぐちゃになったソコへ、指を増やして再度挿し入れた。

「もう、三本も入ってる……ほら」

アルベルトは僕を煽るように、中で指をばらばらに動かしながら、しこりを叩いた。

「あっ、ん、これ、変になるッ」

押し寄せる快楽の波に、僕の身体も、思考もぐずぐずに蕩かされていく。気がつくと僕の後孔は、彼の三本の指をすっぽりと呑みこんでいた。

「……そろそろ、いいか?」

アルベルトは切羽詰まったような声を出し、ゆっくりと指を引き抜く。突然抜かれてしまったそこは、情けなくヒクついていた。

「あ……」

彼の言葉を聞いて、これから本当にアルベルトと繋がるんだと、意識してしまう。

僕は懇願するように彼を見上げ、こくりと頷いた。

アルベルトは僕の反応を確認すると、まとっていたローブを脱いだ。そして昂《たかぶ》った自らの陰茎を、僕の後孔に押し当てる。

「ん……」

自らの中に、彼の大きくて熱いものが入ってくる。僕はそれを、息を吐きながら受け入れていった。

「エミル……っ」

アルベルトは僕を囲うように覆いかぶさって、自らのものを奥へと進めていく。

「あっ……！」

彼の陰茎が、僕の中のしこりを掠《かす》めてしまい、思わず声を漏らした。

「は……っ、狭いな……」

「あッ、動いちゃ、っ！」

アルベルトは僕の様子を窺《うかが》いながら、段々と中を攻め立てていく。

ぐちゅ、といやらしい音が部屋に響く。僕は快楽の波に耐えかねて、目をつぶり、ベッドシーツを強く握った。

「エミル」

しかしその時アルベルトが低く響く声で呼びかけ、ベッドシーツから僕の手を剥ぎ取り、自らの左手を僕の右手に絡めた。

「目を閉じないで、俺だけを見ていてくれ」

僕がそっと目を開けると、恋人繋ぎの状態で、お互いの視線が交わった。

アルベルトは、首筋から胸にかけて赤い華が散らされ呼吸の乱れた僕を、じっと見つめていた。

彼の深海のような瞳には、執着と、隠し切れない熱情の色が滲《にじ》んでいる。先ほどまでとは違う危険な雰囲気に、思わず背筋が震えた。

「ア、　アルベルト様……んあっ⁉」

その瞬間、一気に奥を貫かれた。右手で腰を押さえこみ、容赦なく中を穿たれる。

「なあ、エミル……っ」

アルベルトは妖艶に笑って、僕の耳元で言葉を紡ぐ。

「もう、こんなに遠くまで来て……頼れる人間なんて、俺だけだろ？」

「あっ、んん！」

「逃げたくても、逃げられないよな？」

「や、あ……！　に、逃げない、からっ」

アルベルトは繋がった手をさらにぎゅっと握りしめる。彼の指輪が僕の肌に触れた途端――もっと奥を突かれ、思わず締めつけてしまう。

「あぁッ！　ひ、んっ」

言葉通り、逃げることを許さないような行為。

それなのに、強烈な快楽と共にどこか愉悦を覚えてしまう僕は、本当にどうしようもない。

弱いところを突かれて、目の前がチカチカと白く染まり、段々と思考が鈍くなっていく。

僕はこの人に、翻弄されてばかりだ。

ふとそう思うとなんだか無性に悔しくなって、僕はアルベルトの左手の甲に爪を立てて、痛いくらいに握り返した。

「ッ、エミル⁉」

アルベルトは、一瞬驚いたような表情を見せる。

僕はそのまま感情を爆発させるように、声を振り絞った。

――逃げられないのは、僕だけじゃない。

そう言いたくて。

「あなた、こそ……っ、僕以外、見ちゃ駄目ですからね……ッ！」

そう言葉を放った途端、アルベルトのものが、さらに熱を持ったのを感じた。

「ん……っ⁉」

「お前なあ……ッ」

アルベルトは我慢できないと言うように、僕に荒々しくキスをする。

舌を入れ口内を蹂躙しながら、激しく何度も突いてくる。

さらにアルベルトは右手で僕の陰茎に触れ、絶頂に追い立てた。

「――あっ！　アルベルトさまっ、だ、だめ、イッちゃ」

後ろを突き上げられ、前を容赦なく擦られ、強すぎる快感が駆け上がる。

「は、エミル……っ、おれも、もう――」

アルベルトの余裕のない声が響き、一気に最奥を貫かれた。

「あぁぁっ――‼」

その瞬間、僕の視界が白く爆ぜる。そしてその一瞬のちに、彼の放ったものが僕の中にどくどくと注ぎこまれた。

「は……、あ……」

温かく満たされたような気持ちになり、一気に身体の力が抜ける。ゆっくりと彼のものを引き抜かれ、僕の秘部から白濁した液体があふれ出した。

「はぁ……、ぁ……ん……」

「……エミル、大丈夫か？」

絶頂を迎えなんとか呼吸を整えようとする僕の頬に、アルベルトはそっと左手を添えた。

しばらくその優しい手つきに身を委ねていたが、ふとあることに気づいてしまう。

「あ……、あの、その傷……ごめんなさい」

彼の左手の甲は、僕が爪を立ててしまったせいで、赤い線がところどころ残っていた。

「ああ……これ」

アルベルトも気がついたようで、じっと手の甲を見つめる。

彼の肌に不自然についた、何本もの赤い引っかき傷。アルベルトは心配そうな表情をしているだろう僕に、ふっと笑顔を見せた。

「気にするなよ。むしろ、もっと付けてもいいけど」

「えっ……、い、いや！　そんなこと」

怒っているそぶりはまったくない。それどころか、楽しんでいるようにも見えた。

僕が不思議そうに見ていると、アルベルトは手の甲を見せつけるようにして、僕に言い放った。

「そのほうが、変な奴が近づいてこなくて、お前も安心できるだろ？」

「え……」

アルベルトの発言で、先ほど熱に浮かされて自分が口走った言葉を思い出した。

そういえば、「僕以外見ちゃ駄目ですからね」なんて、とんでもなく恥ずかしいことを言ってなかったっけ⁉

「い、いやいやあれは！　なんというか勢いで言っちゃったっていうか！」

僕は上半身をがばっと起こして、必死に伝える。

「そうなのか？　まあ勢いだとしても、俺は嬉しかったけどな」

「う、嬉しいって……」

やけに素直なアルベルトに、調子が狂ってしまう。また顔に熱が集まってきて、思わず目を逸らした。

アルベルトは、そんな僕に言い聞かせるように、ゆっくりと言葉を紡いだ。

「エミル。俺はお前と出会った頃から、ずっとお前しか見てないんだ」

僕は目を見開き、彼のほうへ視線を戻す。

これは、先ほどの僕の言葉の返答なのだろうか。

「これからも、お前以外見ることはない。……何があっても、絶対に」

アルベルトの声は甘く蕩けるようで、だけど同じくらい重い響きを持っていた。

僕はここへ来て、ようやくわかったような気がした。アルベルトが僕に対してどれほど優しく、その一方で、どれほど執着しているのか。

きっとそれは、他の人から見たら、異常とも言えるものなのかもしれない。

それなのに僕の心は、これ以上ないほど満たされていた。

「わかりました。アルベルト様……約束、してくださいね」

僕はどうしようもなく目の前の男が愛おしくなって、初めて自分からキスをした。

＊＊＊

第二王子アルベルトが、ロイスの領主になることが正式に発表されたのは、僕たちが視察に出かけてから二週間後のことだった。

ロイスの領民や城の従者たちの喜びは、僕たちの予想以上に大きかったようだ。

街も活気を取り戻しつつあり、新しい領主の誕生に歓迎ムード一色だった。

アルベルトはいよいよ本格的に領主としての業務を行っていくという状況で、僕もここでの生活にようやっと慣れてきた。

窓から差しこむ日差しの眩しさに耐えかねて、僕はゆっくりと瞼《まぶた》を開ける。

寝惚け眼に映るのは、幾度となく王宮で見てきた無機質な茶色い天井ではなく、真っ白な天蓋だった。

あまりにもふかふかなベッドに身を預けたくなる。しかし自らにじっと注がれる視線を感じ、段々と意識が覚醒していく。ちらりと隣を見るとアルベルトと目が合い、彼は朝にふさわしい爽やかな笑顔で声をかけてきた。

「おはよう、エミル」

「おはようございます。えっと、アルベルト様も……今起きたんですか？」

「いや？　結構前から起きてた」

「あの……寝顔をまじまじと見られるのも恥ずかしいので、すぐ起こしてもらえると助かるんですが……」

若干呆れを含みつつ、掠《かす》れた声で訴えかける。こう言っても、アルベルトはニコニコと美しい笑みを浮かべているだけだった。これは聞き入れる気がないなと察した僕は、のっそりと身体を起こした。

「とりあえず、起きますね。朝食の準備をするので、ちょっと待っていてください」

「今日は急ぎの仕事もないから、もう少し寝ていても構わないぞ？　というか、朝食は他の人間に準備させれば……」

「いえ、これは従者としての務めですので！　それに、人間は何もしないとどんどん堕落していくものじゃないですか」

「従者……ね。まあ俺は、エミルには堕落してもらって構わないけどな」

アルベルトは、少し拗《す》ねたように口を尖らせる。僕が『従者』という単語を使うと、時折このような反応を見せるようになった。

どうやらアルベルトからすると、僕は恋人兼伴侶なのでもう従者としての業務はしなくていい、ということらしい。

しかしそれだと働きもせずただこの部屋に一日中いるだけのニートである。さすがにそんな状態はまずいだろうと思い、僕は専属従者というスタンスは崩さずにいるのだった。

ひとまずベッドから出て、身支度を済ませることにする。

執事服に着替えようと室内にある鏡の前に立ち、自らの首元を見て思わず「うわ」と声が出た。

——これは、今日も襟の詰まったシャツじゃないと駄目そうだ。

ため息をつきながらシャツを選び、着慣れた執事服に袖を通して白い手袋をはめる。

髪も整えたところで、準備は万全だ。よし、と今日一日の気合を入れる。

早速キッチンに向かおうと部屋のドアノブに手をかけた時、廊下からバタバタと足音が聞こえてきた。ほどなくして、ノックの音と、聞き覚えのある声が飛んできた。

「申し訳ございません！　あの、お二人にお伝えしたいことが……！」

「……なんだ？　朝から騒がしいな」

少し離れた場所で着替えをしていたアルベルトも、身支度が終わったらしい。怪訝な顔をして近くまでやってくる。

僕も不思議に思いつつも、ひとまず扉を開けた。部屋の前では、騎士のアーロンが肩で息をしながら立っていた。

「あれっ、アーロンさん⁉　もう騎士の方々は王都に戻られたんじゃ……」

「お久しぶりです、エミル様。実は住み心地が良かったので、私はここに残ることにしたのです。……あ、いや、そんなことはどうでも良くってですね！　今、城にいらっしゃってるんですよ！」

「……いらっしゃってる？　誰がですか？」

「イザク殿下と、聖女マリア様です！」

僕は自分の耳を疑った。あの二人が、こんな遠方に？

驚いている僕をよそに、アルベルトは落ち着き払った様子で言った。

「アーロン、わかった。今すぐ追い返しておけ」

僕はその言葉に驚き、すぐさま反論する。

「何言ってるんですか⁉　そんなわけにいかないでしょう！　アーロンさん、今すぐお二人を応接室へご案内してください！」

アーロンは、僕とアルベルトが正反対のことを言うので、困り果てた表情を浮かべた。

しかしさすがに、第一王子と聖女を追い返す勇気はなかったのだろう、彼は「すぐにお二人を中へご案内します」と言うと、バタバタと一階へ戻っていった。

＊＊＊

アーロンが一階へ下りてからほどなくして、僕も応接室へと向かう。

部屋に入ると、すでに案内されていたイザクとマリアは来客用のソファーにゆったりと腰かけていたが、僕の姿を見るや否や立ち上がった。

二人との久々の再会に嬉しくなり、さっと駆け寄る。

「イザク殿下、マリア様！　お久しぶりです、こんな遠方まではるばるお越しいただけるなんて……！」

「エミル様、お久しぶりです！　良かった、元気そうで……」

「突然来てすまなかったな。はあ……、無事に会えて良かったよ」

僕が声をかけると、二人共なぜか心底安心したような表情を浮かべた。マリアに至っては、少し涙ぐんでいる。

一体どうしたんだと疑問に思っていると、アルベルトも遅れてやってきた。

「兄さん、マリア嬢。久しぶりだな」

アルベルトがうっすらと笑みを浮かべながら挨拶すると、マリアは険しい目つきになった。

「アルベルト殿下、お久しぶりですね。この度はロイス領を正式に統治なさるとのこと、おめでとうございます。まさかこちらに永住するとは思っていなかったものですから……陛下からお聞きした時には本当に驚きましたよ」

「ありがとう。突然の知らせになってしまって、申し訳なかったな。それにしても、二人がわざわざこんな場所まで足を運ぶなんて。俺としてはそのほうが驚いたよ」

「いえいえ、大切な友人の無事を確認するためですから。距離や時間なんて何も苦ではありませんよ」

「そうか。とはいえ、次期国王と王妃の時間は貴重だろ？　エミルの身の安全は俺が保証するから、二人は安心して王都に帰ってくれ」

「私たちは、あなたがそばにいるから安心できないんですよ？」

表面上は笑顔でも、隠しきれないピリついた雰囲気。目の前で繰り広げられる応酬に、僕は何もできず、ただ見ているだけになってしまう。

ちらりとイザクのほうを見ると、目が合い、彼も困ったように苦笑いを浮かべた。

それからまもなくして二人のやりとりが一旦の収束を見せたため、僕はようやく声をかけた。

「それにしても、イザク殿下、マリア様。……今日はどうしてこちらに？」

僕が聞くとマリアはこちらへ向き直って、いつもの優しげな表情で答えてくれた。

「どうしてって……私たち、心配してたんですよ。お手紙を出しても中々返事がこないから、エミル様に何かあったんじゃないかなって……」

「……手紙？」

……そんなの来てたっけ？

心当たりがなくぽかんとする僕の横で、アルベルトが代わりに口を開いた。

「手紙か、そういえばあったな。今日ちょうどエミルに渡そうと思ってたところだ」

「……そうなんですか？」

僕宛にマリアから手紙が届いていただなんて。返事もできず申し訳ないなと思っていると、マリアが反応した。

「……や、やっぱり殿下が止めてたんですね？　おかしいとは思ってたんですよ、律儀なエミル様が手紙を返さないわけないし！」

「なんだよ失礼だな。だから、これから渡そうとしていたところだったんだ」

不服そうなアルベルトに、マリアは糾弾するように言った。

「そんな見え透いた嘘をつかないでください。大体いつ送ったと思ってるんですか？　というか、なんでエミル様に送った手紙があなたを経由するんですか⁉」

「それは俺が領主だからだろ？」

「まあ、二人共落ち着けって。手紙もここなら届くまで時間がかかるだろうし、実際のところはわからないわけだから……。とにかく、俺たちは何か用事があったわけじゃなくて、君たちの様子を見に来ただけなんだよ」

再びヒートアップしそうになった二人を落ち着かせるべく、珍しくイザクが割って入った。そのおかげで二人の再びの言い合いは起こらずに済んだので、僕はほっと胸を撫でおろす。

二人の気を静めたイザクは、今度は真剣な表情でアルベルトへ問いかけた。

「それで……ロイス領はどうだ？　解放後もスムーズに事が進んでいるとは聞いているが」

「ええ、そうですね。俺が正式に領主になるのも反発はほとんどありませんでした。税負担も本来のものに戻しましたし、今後は医療や教育にも力を入れるつもりです」

「それは良かった、さすがアルベルトだな。陛下も褒めていたぞ。これから何か協力できることがあったら遠慮なく言ってくれ。……あ、あと」

イザクはそこまで言って、僕のほうにもちらりと視線を移す。

「二人共、ついに想いが通じ合ったんだろ？　おめでとう」

「えっ」

突然の言葉に思わず声が出た。

イザクは、以前王宮庭園で恋話《こいばな》をした時のように、目を輝かせている。

「いやー、きっと両想いなんだろうとは思っていたんだが……。何かが拗《こじ》れた挙句エミルが鎖に繋がれて監禁でもされてたら、と心配だったんだよ！　でも元気そうだし、本当に安心した」

「兄さんの中での俺はどんなイメージなんですか？　そんなわかりやすく監禁なんてしたら、すぐにバレてしまうじゃないですか」

一瞬アルベルトからなんとなく不穏なものを感じ取ったが、突っこんではいけない気がした。

「イザク殿下。えーっと……、本当に、ありがとうございます」

いわゆる両想いであることは事実なので、気恥ずかしい気持ちになりながらも、感謝の言葉を伝える。するとイザクは僕以上に嬉しそうに笑みを浮かべた。

「いやいや、想いがちゃんと通じ合って何よりだよ。弟のことはもちろんだが、エミルは俺とマリアの仲を取り持ってくれただろ？　だから、幸せになってほしいと思っていたんだ」

僕がイザクとマリアの恋のキューピッドになってしまったのは、偶然というかなんというか。

『最初はアルベルトとマリアをくっつけようとしてました』なんて口が裂けても言えないが、終わり良ければすべて良し。そういうことにしよう。

何はともあれ、僕はイザクの温かい言葉に自然と笑みがこぼれた。

マリアも、包みこむような笑顔で僕を見つめている。

本当に、この二人には感謝してもしきれない。

アルベルトが王都を発ってから一人で無理をしていた僕を、優しく励ましてくれたマリア。ロイス領に行きたいという僕の我儘を叶えるため、力を貸してくれたイザク。

この二人の支えがあって、きっと僕はこの日を迎えることができている。

笑顔の僕を見て、マリアは思うところがあったのか、ゆっくりと口を開いた。

「なんだかさっきはいろいろと言ってしまいましたけど、こうして幸せそうなエミル様を見られて良かったです。エミル様、アルベルト殿下。どうか、末永くお幸せに。私たちは王都からお二人を見守ることにしま――――えっ？」

途中までは穏やかな口調で話していたマリアだったが、ふとアルベルトの左手に視線を移した途端、言葉を止めて口元を引きつらせた。

「あの、すみません。もしかしてそれ、ペアリングですか……？」

マリアは恐る恐るアルベルトに尋ねる。アルベルトが「そうだが？」と答えると、マリアは僕のほうへ視線を向け、重々しい口調で言った。

「差し支えなければ、エミル様の指輪も見せていただけますか？」

「えっ？」

僕は意図がわからず困惑してしまったが、マリアがあまりにも真剣な表情で言うので、おずおずと左手の手袋を外した。

マリアは僕の指輪を見た瞬間、思いっきり顔を顰《しか》めた。

「お二人の指輪から禍々《まがまが》しい闇魔法の気配を感じるんですが、これは一体どういうことでしょう？」

「あ、この指輪は、えっと……」

僕は隣のアルベルトをちらりと見る。

そのまま言っていいものか迷ったが、本人はまったく気にしている様子はなかったので、正直に答えることにした。

「アルベルト様からいただいた指輪なんですけど、一度つけたら本人じゃ外せない仕様になっているんです。気配がするのは、おそらくその魔法がかかっているからかと……」

僕がそう説明した途端、場が凍りついた。イザクとマリアは二人して額に手を当て、深いため息をついてしまった。

「イザク殿下、どうしましょう。私、意識を失いかけました」

「大丈夫、俺もだから」

そう言ってから、マリアはなんとか正面を向き直すと、はっきりとした口調で言う。

「ごめんなさい、エミル様。前言撤回します。王都から見守るのではなく、私たち、これからも定期的にこちらに来ます」

「……いや、なんでだよ」

アルベルトが露骨に不満そうな声を出したが、マリアはまったく意に介さなかった。

「少しでも身の危険を感じるようなことがあれば、その時は必ず私たちに助けを求めてください。手紙でもなんでも構いませんが、この執着男――いえ、アルベルト殿下にはすべて見られている可能性がありますから。直接のほうがいいでしょう」

「え？　は、はい……。わかりました……？」

なんだかよくわからないが、とりあえずこれからも定期的に来てくれるらしい。まったく嫌ではなく、むしろ嬉しいくらいなので、僕は素直に頷いた。

それからしばらく二人と話をして、気がつくと昼になっていた。

二人はロイスを観光してから帰るらしい。マリアは、「ここにも珍しい薬草があると聞きまして！」と、興味が抑えきれない様子だ。

相変わらずだなあと思いつつ、この地で珍しい薬草や薬を販売している店を教えると、彼女はさらに目をキラキラとさせた。そんなマリアを見て、イザクも本当に楽しそうだ。

久しぶりに見た二人のやりとりの様子は、なんだか微笑ましく、懐かしい。

一方アルベルトは、なんだかんだ言いつつ、二人のために安全な観光ルートと護衛の配置を考えてくれたようだった。

こうして諸々の準備が整ったところで、僕たちは二人をロイス城から送り出したのだった。

＊＊＊

イザクとマリアが城を出てから、僕たちは部屋に戻り仕事をしていた。

先ほどの賑やかさが嘘のように、静かで穏やかな空気が流れている。

僕が手元の書類に集中していると、部屋にオレンジ色の光が差しこんできた。その光に誘われるように窓を見ると、外にはもう夕焼け空が広がっていた。

「もう、こんな時間か……」

僕は執務室からバルコニーへと出て、ぼうっと景色を眺めた。小高い丘に建つこの城からは、ロイスの街を見渡すことができる。この時間、ここからの景色を見るのが、僕のささやかな楽しみになっていた。

溶けるようなグラデーションで彩られた空の下に、レンガ造りの住居が立ち並ぶ。この光景はゲームでは決して見られなかったものだ。

今日はイザクとマリアとも再会したからか、余計に感慨深くなってしまう。

――思い返すと、いろいろなことがあった。

平凡な大学生だった僕が、ヒーローでもヒロインでもなく、脇役の従者へと転生したこと。ハッピーエンドを目指すため、アルベルトとマリアの恋のキューピッドになろうとしたこと。

そもそも僕の勘違いもあり、その計画は見事に失敗しイザクとマリアが結ばれたこと。そして、僕がアルベルトへの想いを自覚したこと。

どの出来事もゲームでは考えられなかった。登場人物の性格も変わっていて、本来のシナリオなんてあったもんじゃない。

けれども、僕がプレイしてきた凄惨《せいさん》なエンディングではなく、全員が生きて平和な日々を過ごすことができているのが、何よりも嬉しかった。

「またここで、景色を見ているのか？」

声をかけられ振り向くと、アルベルトが佇《たたず》んでいた。彼の銀髪が光に照らされ輝きながら、少しだけオレンジがかって見える。

アルベルトは僕の隣へやってくると、そっと僕の左手に手を重ね、ぎゅっと握った。

「ここから見る景色がすごく綺麗で、気に入ってるんです」

「……そうか。こうしてお前が喜んでくれるなら、ここへ来て良かったよ」

繋いだ手を見て、思い出す。

出会ったばかりの幼いアルベルトが、誰かに触れるのを恐れていたこと。僕が手を握り返すと、泣きそうになったこと。

しかし今はこうして、何も恐れずに、触れることができている。

それだけでも、僕が転生して彼の隣にい続けたことには、意味があったのかもしれない。

「ありがとうございます、アルベルト様。僕、あなたのおかげで、本当に幸せです」

僕の言葉に、アルベルトはほんの少しだけ泣きそうな表情をした。

あの時とは違って不安はなく、愛おしそうな笑みを湛《たた》えながら。

「エミルにそう言ってもらえる日が来るなんてな。俺もだよ。……本当にありがとう」

アルベルトの言葉に僕も胸がいっぱいになり、思わず涙ぐんでしまう。

僕は前世を思い出してから、多かれ少なかれゲームの存在を意識して生きてきた。

けれども、ゲームキャラクターの『アルベルト』ではなく、実際に存在する——僕のことを想って、何度も僕を助けてくれたアルベルトのおかげで、僕たちはハッピーエンドを迎えられた。

——これから僕は、隣にいる愛する彼と共に生きていく。

僕は涙を振りきるように、明るく返した。

「お礼なんて、僕はなんにもしていません。でもアルベルト様、これからもどうかよろしくお願いしますね！」

「ああ。……こちらこそ、よろしくな」

僕たちは繋いだ手が離れることがないように互いの手をぎゅっと握り合い、微笑み合った。

アンダルシュコミックス

&arche COMICS

毎週
木曜
大好評
連載中!!

春日絹衣
かどをとおる
きむら紫
黒川レイジ
しもくら
槻木あめ
辻本嗣
綴屋めぐる
つなしや季夏
戸帳さわ
森永あぐり
雪潮にぎり
Roa
…and more

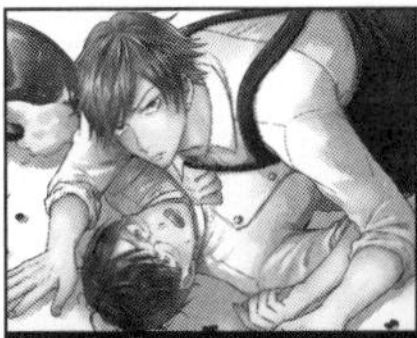
甘くて苦い僕たちは/
きむら紫

巻き添えで異世界召喚されたおれは、
最強騎士団に拾われる/
原作:滝こざかな　漫画:しもくら

半魔の竜騎士は、辺境伯に執着される/
原作:矢城慧兎　漫画:森永あぐり

異世界で傭兵になった俺ですが/
原作:一戸ミヅ　漫画:槻木あめ

毒を喰らわば皿まで/
原作:十河　漫画:戸帳さわ

萌ゆるハルに出会う僕ら/
かどをとおる

異世界でのおれへの
評価がおかしいんだが/
原作:秋山龍央　漫画:Roa

隠れΩの俺ですが、
執着αに絆されそうです/
原作:空飛ぶひよこ　漫画:春日絹衣

異世界でおまけの兄さん
自立を目指す～巡行編～/
原作:松沢ナツオ　漫画:黒川レイジ

典型的な政略結婚をした俺のその後。/
原作:みなみゆうき　漫画:つなしや季夏

ふれる白雪/綴屋めぐる

腐男子の俺が陽キャ幼馴染に迫られてる件/
雪潮にぎり

最推しの義兄を愛でるため、
長生きします!/
原作:朝陽天満　漫画:辻本嗣

いつから魔力がないと錯覚していた!?/
原作:犬丸まお　漫画:黒川レイジ

BL webサイト
&arche アンダルシュ

無料で読み放題
今すぐアクセス!
アンダルシュ Web漫画

この作品に対する皆様のご意見・ご感想をお待ちしております。
おハガキ・お手紙は以下の宛先にお送りください。

【宛先】
〒150-6019 東京都渋谷区恵比寿 4-20-3 恵比寿ガーデンプレイスタワー 19F
(株) アルファポリス　書籍感想係

メールフォームでのご意見・ご感想は右のＱＲコードから、
あるいは以下のワードで検索をかけてください。

アルファポリス　書籍の感想　検索

ご感想はこちらから

本書は、「アルファポリス」(https://www.alphapolis.co.jp/) に掲載されていたものを、
改題、改稿、加筆のうえ、書籍化したものです。

転生《てんせい》した脇役平凡《わきやくへいぼん》な僕《ぼく》は、美《び》形《けい》第《だい》二《に》王《おう》子《じ》をヤンデレにしてしまった

七瀬おむ (ななせ おむ)

2024年 4月 20日初版発行

編集－山田伊亮・大木 瞳
編集長－倉持真理
発行者－梶本雄介
発行所－株式会社アルファポリス
〒150-6019 東京都渋谷区恵比寿4-20-3 恵比寿ガーデンプレイスタワー19F
TEL 03-6277-1601 (営業) 03-6277-1602 (編集)
URL https://www.alphapolis.co.jp/
発売元－株式会社星雲社 (共同出版社・流通責任出版社)
〒112-0005 東京都文京区水道1-3-30
TEL 03-3868-3275
装丁・本文イラストーウエハラ蜂
装丁デザインーkawanote (河野直子)
(レーベルフォーマットデザイン―円と球)
印刷－中央精版印刷株式会社

価格はカバーに表示されてあります。
落丁乱丁の場合はアルファポリスまでご連絡ください。
送料は小社負担でお取り替えします。

ISBN978-4-434-33740-6 C0093